1981光陰賊

百年荒蕪系列

楊照——著

目錄

「百年荒蕪」緣起

W.H.Auden 寫過一首詩，獻給愛爾蘭前輩詩人 W.B.Yeats，詩句中有：Mad Ireland hurt you into poetry.「瘋狂的愛爾蘭傷你為詩人」，勉強這樣翻譯，卻翻譯不出詩裡那種無奈的情感。Auden 試圖要說的，應該是愛爾蘭不尋常的歷史經驗，使得 Yeats 不得不用詩來表達，來發洩。詩與瘋狂之間，有一種既抵抗又親和的關係，應該也有一種既神妙又痛苦的彼此印證吧。

有一段時間，我常常想起 Auden 的這句詩，還有，Yeats 與愛爾蘭與瘋狂。從詩句我回頭去想，小說之於我的意義究竟為何。我知道就像詩和

Yeats 之間夾著愛爾蘭一樣，小說跟我，必然糾纏著台灣。不過，Auden 精準地替 Yeats 捕捉到了「瘋狂」這個主題，那麼台灣呢，台灣是什麼？或者說台灣逼著我不管走到哪裡，不管做了什麼事，不管別人給我掛了什麼頭銜，在內心深處都無法放棄小說，掙扎要用小說表達出來的是什麼？

一度我以為是「荒謬」。老是有不應該出現的事出現了，關連到完全預期不到的人，在錯亂不合邏輯的時間與場景中。應該就是「荒謬」。相應的感覺是啼笑皆非，是無奈慨嘆，是憤怒的情緒上升到一半，就轉成了嘲弄，對錯置與顛倒的嘲弄，也是對自己的憤怒的嘲弄。的確，台灣，過去現在與可預期的未來，都充滿了荒謬。

可是，我無法解釋，為什麼是小說？如果那逼著我不放棄，宿命地與小說綁在一起的，是深烙於我生命情調上的台灣荒誕，那麼，斷裂、跳躍、閃爍、曲折、省略、飄搖、浮動、挑戰著所有文法語法成規的詩，不才是更適合、更對的選擇嗎？

然而，我明明白白，在寫小說的時候，有某種東西，像雷雨來臨前突然遮蔽住天空的濃密烏雲般，雖然無法觸摸，卻絕對沉重、真實、無可取代。

有一天，在北海岸一家新開的時髦地中海風味咖啡館裡，望出去是一片雜亂的沙灘，有人在戲水，有人在開沙灘車，有人在放風箏，有人在擺攤賣冷飲，還有人無所事事單純只是在增加畫面上的雜亂程度。我沒來由想著，我一定要把這個畫面寫進小說裡，一定要讓一件最重要的事，在這個畫面裡發生，因為這個畫面中有我不能錯過的氣氛，一種絕對的、純粹的情緒。

那是什麼樣的情緒？是孤寂嗎？我想起馬奎斯名著《百年孤寂》，想起那本書的英文譯名「One Hundred Years of Solitude」，突然腦中迸出了另一個字，destitute，荒涼荒蕪，destitute 和 solitude 幾乎可以互相押韻，用 destitute 代換 solitude 的話，就成了「One Hundred Years of

Destitute」，百年荒蕪。唯一問題，這不是對的英文，對的英文應該寫成「One Hundred Years of Destituteness」。

不管他，重點是，百年荒蕪，是「荒蕪」而不是「荒謬」。我發現了這正是我在追索探問的。一種特殊屬於台灣的荒蕪性格長期壓著我的胸臆。為什麼台灣老是缺這個缺那個，為什麼台灣的景致總是顯現著刺眼的荒乾和逼仄？是了，這是讓我多年來逃躲不掉的大問題。

荒蕪只能用複雜來接近。最複雜的文類才能碰觸到荒蕪。而小說最大的本事，小說存在的根底理由，就是複雜，就是拒絕簡化。海浪呼呼襲拍，我悟知了小說迷人與不可抗拒的地方。荒蕪來自於簡化，於是當我們用複雜的小說去探測荒蕪的歷史地景時，就建構了一片想像的，依附於荒蕪，卻又對反否定荒蕪的視野。那視野，是荒蕪的一部分，離開荒蕪便沒有了意義，然而虛構視野浮顯，荒蕪便失去了其絕對性，失去了定義主宰我們生命情調的霸道力量。在這裡，小說與荒蕪，就像詩與瘋狂，拉扯跳著漾動心魄的激烈雙人舞……

Auden 寫給 Yeats 的詩說：「現在，愛爾蘭依舊有著他的瘋狂與他的天氣。」愛爾蘭不會因 Yeats 的詩而改變其瘋狂，更不會改變其天氣，不過詩不會白寫，多少愛爾蘭人藉由 Yeats 而找到了擺脫瘋狂，化瘋狂為文明力量的崎嶇道路。那路，不再通往愈來愈黯潮的精神病院，而在繞過一片割腳的嶙峋岩場後，豁然開展一片美麗的大海。

那個下午，我決定開始一個長期的小說寫作計畫。為二十世紀的台灣，寫一百篇小說，每一個年分一篇，用歷史研究與虛構想像的交雜，挖開表面的荒蕪，測探底層的複雜。在一切似乎都無可回頭地走向簡化，走向輕薄的時代，我相信，我更加相信，只有在厚重與複雜中，藏著我們文明的救贖。或許有一天，也有人會通過我的小說，看到不一樣的，荒蕪之外的台灣。

一九八一年三月十八日　星期三　105

我很好，只在那小小的一瞬間，稍微跌了一下，只有那一瞬間，不在我想好的情況內。

那一瞬間，也許已經過了午夜，就在午夜前後吧。我沒有看錶，我一直沒有看錶，到家進了房間立刻倒在床上，都沒有看錶。永遠不會知道是不是過了午夜。所以可以假定已經過了午夜，那就不再是三月十八日這一天，所以我可以說：我成功了，我很好，我本來就說了這一天我會很好，不會有事，不會有任何事。

原來我做得到。

白天，每一堂課都上了，英文課還成為全班最快做完黃老師片語測驗的人，黃老師除了對我露出黃牙樂笑之外，竟然還比了比伸起的大拇指。我完了我完了，我正式加入考試優等生圈圈了。

只有中午去了一趟校刊社。他們還在吵那篇維根斯坦。刊登和審稿問題都解決了，他們現在在吵這傢伙到底是不是天才。他是真懂維根斯坦，還是從哪裡抄來的？他是真懂維根斯坦，有哲學領悟，還是單純從數學直覺上了解維根斯坦，所以沒那麼厲害？

我本來沒想抽菸的，被他們吵得受不了，拿了桌上的More點了一根。手上有了菸，我就知道自己對這件事的想法了：「和生活本身相比，可能一輩子都讀不懂的維根斯坦，太幼稚、太簡單了。」也許還可以表達得更格言些：「在不了解維根斯坦中，我們理解了自身的深邃，以及生活的艱難。」

晚上第一次，必然也是最後一次去M和H住的地方。一點都不難找的地方，難不到我。有街有巷有弄有號，我知道怎麼找。**M**說過早上出門的痛苦，轉個彎是一段很長很長的巷子，一路看得見巷口，看得見自己和巷口間的距離。窄窄的巷口像個小小的山洞出口，從那裡透進光，也透進外面模糊的光影人影。光影人影都不重要，重要的是公車穿行過洞口，她要搭的公車。走在巷中的心情被那不知在何處的公車牽吊著。先是希望公車千萬別出現，因為自己離巷口太遠了，絕對來不及跑到公車站牌。走了一段，心情逐漸變得緊張，不斷拿捏著如果此刻公車出現，究竟是跑還是不跑？不跑會錯過這班車，跑了還是可能趕不上，平白氣憤自己的錯誤判斷。**Run or not to run? That’s the question.**

我逆轉**M**所說的經驗。找到那條巷子，走進去，深深深深地一直走進去，走到回頭看確認剛剛下車的那條街變成了一片模糊的光影，就知道差不多是該轉彎的地方了。

M和H住在頂樓。應該說他們的房間在H家的頂樓。房裡床上的棉被，竟然是大紅色的，好像還繡了牡丹花一類的圖案。顯然這床棉被會留著。還有很多東西會留著，不太看得出收拾過的樣子。梳妝鏡前有一張狹長的桌子，我們就坐在桌前說話，只說話，說了很多話。

一直到最後，我才將卡片夾拿出來。平靜、微笑、帶點玩笑口吻說：「最初的許諾，最後的禮物。」M一翻開封面就哭了。我知道她會哭。我似乎也早就知道她會說：「好漂亮！好漂亮！」似乎早就知道她會連說五次，剛剛好五次，然後握著拳輕輕捶我：「讓我等那麼久。」然後下一拳變重了，然後張開雙臂抱住我。

這一切，不知為什麼，我似乎早就知道了，在某個另外的時空中先預演過一次了，因而也準備好了自己此時的台詞——那是鄭重地對自己說：「這就是了，你一生中最幸福的一刻。最—幸—福—的—一—刻。或許將來你會忘掉、你會否認，但那都改變不了事實：這就是你一生中能夠得到、能夠想像的，最幸福的一刻。」

離開時說的最後一句話，本來不會記得，現在卻絕對忘不了的，是整個晚上最瑣碎、最無關緊要的一句話，我對M說：「不會，一定不會，我沒有那麼笨。」我揮揮手要她上樓，她兩手抱胸，猶豫了一下，點點頭，仍然兩手抱胸回頭了。

就這樣，正常的道別。她原來要陪我走到公車站牌，確認我能夠趕得上最後一班公車。我打開皮夾讓她看我帶了足夠的錢，沒趕上公車也可以叫計程車回家。她又擔心我不知道該如何走出去，會在老區的縱橫小巷道中迷路了。所以我說了那最後的一句話：「不會，一定不會，我沒有那麼笨。」

我沒有那麼笨。我知道走出大門向左轉，到巷口再右轉，就是那條每天早晨折磨她的，通往有公車的大馬路的長巷。只需要一直走一直走，也只能往前一直走一直走。

左轉、右轉、一直走一直走，然後在一個奇幻的瞬間，應該在遠遠幽暗巷道盡頭的大馬路消失了。我的前面是另外一條巷道，朝左傾斜一百二十度。再前面又是另一條、再一條、再一條的巷道。

我迷路了，我不知道有公車的大馬路在哪裡了。突然，我笑了，心裡衝上來一個再自然不過的念頭，「啊，下次見了面要告訴妳，才說完『我沒有那麼笨』，我竟然就笨到真的迷路了！鐵齒一定就有報應啊！」

就在這裡我跌了一下。接近午夜的時候，在我自己最熟悉的城市，卻徹底陌生的角落，一個冷冷的聲音幽幽地說：「沒有了，沒有下一次了。她永遠不會知道你從她家走出來就迷路了。」

那聲音像鉛錘般重，突如其來的重量差點使我蹲下來。還好，我堅

持繼續走，拖著那不管多重的東西，繼續走，深呼吸，繼續走，走出來，
走到一個我仍然不認識，但閃著計程車迷離燈光的所在。

一九八一年三月十八日

這是一篇日記，寫成於這個日期的後一天，一九八一年三月十九日的早晨。那一年，我將要滿十八歲。寫在一張白報紙上。白報紙不是報紙，也不是白的。我不知道為什麼不是白的、也不是報紙，卻要叫做白報紙。我喜歡在白報紙上寫字，全然空白，沒有畫線、沒有格子，我可以將字寫得很小很小，也可以選擇將字寫在一大張紙的任何角落。而且白報紙很好折疊，我經常將一張紙摺得小小的，可以塞進制服口袋裡，隨身帶著，連上課時都能拿出來寫。

那一段時間，我用白報紙寫了很多很多東西，但我不寫日記。我沒有寫日記的習慣。

那一天，距離七月一日的大學聯考，還有一百零五天。我們活在這組倒數數字中，每天、隨時都被提醒這個逐漸減少的數字減到哪裡了。同學們自動養成的習慣：早上第一個進教室的人，就拿起板擦來擦黑板，擦掉原來的數字，填上減掉一的新數字。以前，擦黑板是值日生之間最常見的爭執。沒有人喜歡擦黑板。早上看到前一天老師的字跡還在黑板上，許多當值日生的人，會暴跳地跟前一天的值日生計較：「這是你們該擦的！」有一次，當天盡職的值日生，放學前將黑板擦乾淨，順手也擦掉了舊數字，好心預先填上新數字，沒想到引發了教室裡此起彼落的抗議：「今天還沒過完！」「不要改！」……抗議的人，身上已經揹起了書包，有的甚至已經走到門口了，下一秒就要離開教室，但他們還是抗議，不滿意還沒過完的一天，就如此被提前結束。於是，後來形成了新默契，當天的值日生放學時不擦黑板了，留給第二天第一個進教室的人，他才可以塗去舊日、換上新日。會最早到校的幾位同學，顯然都鄭重地看待這項擦去、填上的儀式。為此，他們願意承擔本來應該由值日生做的擦黑板工作，將黑板擦得乾乾淨淨，而且總是將新換上的數字寫得整齊、漂亮。

那個數字，和今天是幾月幾日同等重要，甚至更加重要。因而寫上日期後，我不自覺地也一併填上 105 這個數字。雖然，在我心中，其實有另外一組倒數數字，那組數字，這一天，不是 105，而是 1。

M

M沒有名字，就是M，我只能在心中這樣叫她。高二的時候，我遇過一件糗事，國文課失神狀態中，桌上壓在課本底下的白報紙突然被不知何時靠到身邊來的老師抽走。然後老師大聲對全班唸出我在白報紙上寫的字：「蘇軾、東坡先生、無竹使人俗、流放、被迫流放同時也是自我流放者、劉靜瑜、劉靜瑜、劉靜瑜、劉靜瑜、劉靜瑜、劉靜瑜、劉靜瑜、劉靜瑜、劉靜瑜、劉靜瑜……」唸完了，國文老師嘲弄地說：「這麼想劉靜瑜啊？」然後，他還故作姿態，鄭重其事地將上面寫滿「劉靜瑜」名字的白報紙摺好，帶到講台上，眼睛盯著我，將白報紙收進他的提包裡。

全班哄堂大笑，當然。我靜靜地靠坐在課椅上，靜靜地回應他的眼光。我知道他會因為我如此鎮定的反應而更恨我。他期待我配合他演一齣鬧劇，起身、衝上前跟他搶那張白報紙，最好搶來了還用力地撕掉。我知道。我那時已經很厭倦和他之間的這種對立，也曾經下過決心願意改善和他的關係，真的，我可以配合他演這樣一齣戲，讓自己顯得更可笑些，讓他覺得更有成就感些。

但偏偏他抽錯張紙了。我很想跟他解釋：「劉靜瑜」這三個字，沒有那麼大的意義。那是附近女校校刊的主編，一個裝模作樣，就是很像校刊主編的女生。坐在信義路的小美冰淇淋店裡，一邊彷彿唯恐沾濕了小匙般一小口一小口吃鳳梨冰淇淋，一邊跟我炫耀她們這期校刊訪問了詩人羅青。還去了羅青他家呢！我歎口氣，沒說話。她竟然還要在永遠沒完沒了的冰淇淋之間，追問我對羅青的看法。不得已，我說：「他很有趣，但他有的，也就是趣味，都是趣味，只有趣味。」

我很願意、甚至很想向國文老師還原說明那過程。聯想，單純只是聯想。我明明聽了課，聽了他很努力地說蘇東坡，說蘇東坡最好的作品都是在被貶謫時寫的，那是一種流放，天才蘇東坡將官場的被迫流放轉成了內在的自我流放，成就了藝術，藝術都是在自我流放狀態下才達到高峰的……

寫了兩個「流放」，我想起劉靜瑜，想起在小美冰淇淋的對話。然後又想起另一個也姓劉的名字——劉渝苓，然後想像著當時說完「只有趣味」之後，我應該戲劇性地把臉湊到劉靜瑜的臉前面，沒頭沒腦的對她唸：「溫柔之必要／肯定之必要／一點點酒及木樨花之必要……」然後我專心地試試看自己是不是還能將這首詩完整背出來，所以才無意識地反覆寫「劉靜瑜」的名字。

我沒辦法為了劉靜瑜衝上去跟國文老師搶那張白報紙。我當然也沒辦法跟他解釋林懷民的小說，小說裡莊世桓如何突然沒頭沒腦地對劉渝苓背誦瘂弦的〈如歌的行板〉；我當然也沒辦法跟他解釋我真的沒有喜歡劉靜瑜。這個世界上有那麼多無法解釋的事。

高三有一段時間，我在各種不同的課堂上，讓自己散神，離開黑板、講台、課本，反覆在白報紙上刻寫M，一整張紙寫滿了MMMMMMMMM……，看起來不像是字，比較像是美工裝飾圖案。我等待著，有哪個老師受不了我明顯沒在聽課的模樣，走下台來，像當時國文老師那樣抽走我筆下寫滿M的白報紙，那麼我就會衝過去，用最粗暴的動作把紙搶回來，同時歇斯底里地大叫：「你沒有權利拿我的東西！」甚至不惜重重給他一拳。

可惜，或許也是慶幸吧，沒有哪個老師注意過我那些畫滿了奇異裝飾圖樣的白報紙。

M

M最早有一個名字，印在她編的文學雜誌上，和其他兩個編輯列在一起。後來，我知道了那是她的筆名，本名和筆名差了一個字。我認識她的時候，她是「林姊」，一群認識她的高中生都這樣叫。

有一天，她突然就不是「林姊」了。我清楚記得那一天。說好了放學去她辦公室找她，離門口大概三十步吧，卻看見她從裡面走出來，一轉朝向背對我的方向。我趕過去，她拐了彎，不見了；我由快走變成跑步，跟著拐彎，拐過去看見她騎上機車的背影。她騎車在前，我跑步在後面追，路口一個紅燈讓我追近了一點，但還不夠近就又變換綠燈，她起步加速，過了路口，也許是聽到我狂奔的腳步聲？她停了下來，回頭，發現了我。

「你在幹嘛？你就在我後面？你為什麼不叫我？」我喘著氣，半張著口，藉由喘氣讓心裡激動的答案不能成形，只是搖搖頭、一直搖頭。我想說的是：「妳要我叫妳什麼？」我想說的是：「打死我我都不會再叫妳『林姊』！」但我不能說，我說不出來，我沒辦法跟她解釋為什麼是這樣。

然而，那瞬間她看我的眼神，竟然讓我覺得她知道我要說的。

M和H

H是Husband，我不知道還能用什麼其他方式稱呼這個人。他總是在那裡，不允許我不給他一個名字，M告訴過我他姓什麼叫什麼，但我就是記不得。我也不願意對M說那個誰誰誰，太明顯逃避了，我至少有那樣的勇氣，該說時就對她說：「妳先生……」

他總是在，也總是不在。在遙遠的美國，德州拉巴斯，我原先從來沒聽過的一座城市，聽起來很蠢很矬的一個地方。我知道德州達拉斯，誰不知道達拉斯？誰不看《朱門恩怨》呢？那個小眼睛、老是戴著牛仔帽的小傑以其令人鄙視的特質，吸引了所有的人，證明了再怎麼自認天真純潔的人，都對邪惡有著高度的興趣。那是達拉斯，牛仔的家鄉。拉巴斯有什麼？有H去唸的德州理工大學，那個學校最有名的校友，M告訴我，是約翰·丹佛，一個我真正喜歡過的歌手，他的高音是我聽過最乾淨的男聲。

M和H是一九八〇年八月結婚的，結完婚一個月，H飛去德州上博士班，事實上，就是因為H確定申請到了德州理工大學，確定要去美國唸書了，他們才結婚的。M告訴我時，側臉看我，預期我會不了解這種安排，會覺得奇怪。我平靜地點點頭：「我哥也是這樣。」驚訝的反而是M：「你有哥哥？為什麼從來沒有提過？」我想了一下：「因為他在美國，很遠，所以就不會想起來要說。」

H去了美國，M留在台灣考托福，申請學校。多考幾次托福，拿到好一點的成績，不管有沒有申請到學校，第二年三月去德州和H會合。如果需要，可以繼續在美國申請學校。

第一次

我沒去過M住的地方。應該說我沒去過她在台北住的地方。我去過嘉義她長大的家。那是我第一次去嘉義。下了野雞車，經過有名的噴水池，沿著中山路一直走下去，前面出現一片盎然綠意，那是嘉義公園。到達嘉義公園前左轉，她家就在那條路上。有庭園的日式老屋，裡面的木地板擦得晶亮。M說嘉義公園旁邊就是嘉義棒球場，我立即想到垂楊棒球隊，垂楊國小，M說：「我帶你去看棒球場和垂楊國小。」我們就離開了那個木地板擦得晶亮的日式老屋。

我沒有去過她在台北住的地方。都是她到我家來。我家在民生社區，民生圓環邊一棟剛蓋好的大樓，樓面貼著純白的壁磚，陽光下會閃出耀眼的光。為了這壁面，我爸和我媽曾經大吵一架。不是因為他們對白色壁面有不同意見，站在五月的陽光下，兩人一致表達了對眼前一片白光的強烈反感。爸說：「哪有人貼這麼白的？他們不知道台北會下雨嗎？下一場雨就變黃一層，房子很快看起來就舊了！」媽說：「這死人白啊！很不吉利啊！這邊一棟全白的，那邊一棟全黑的，這裡是怎樣，嫌風水太好太吉利是不是？」爸說：「原來預售屋的圖，還有那個模型，明明就沒有那麼白！」媽說：「叫你不要買預售的，一定要買……」爸說：「當時沒有買，這些錢能省得下來嗎？現在要拿什麼錢去美國？」媽說：「錢在哪裡？錢都在這片死牆裡啦！拿得出來嗎？你去把錢從牆裡拿出來啊！把錢都丟進去，兒子申請到學校也沒辦法去唸，多拖了一年才走得成，然後我們到現在還不知道走得成走不成！」爸說：「賣掉了就有錢了，囉嗦什麼？」媽說：「你賣賣看啊，蓋得像靈堂一樣，賣誰啊？你賣給我看啊！」

我家在民生社區，離M上班的雜誌社不遠。我每天上學、放學搭的公車，都要經過她的辦公室，所以我才會去找她。通常是放學時，提早幾站下車，去找她聊聊天，然後出來，懶得再等公車，就走路回家。

有一次，應該就是追她摩托車的後一次，M問我走回家要多久，我說：「二十分鐘左右吧！」她就拿起皮包，說：「我想陪你走一次看看。」那是她第一次到我家，走到大樓門口，我楞著不知該怎麼辦，她突然用力將我往大樓門裡一推，說：「趕快回家！」然後瀟灑地甩頭就走了。

第一次

　　那天，我第一次看到M，而不是林姊。在她的辦公室裡，我搬了張椅子在她桌邊，一隻手肘靠在桌上，頭靠在自己的小臂上，她一邊繼續處理雜誌校稿，一邊有一搭沒一搭地跟我聊天。

　　或許是看稿看累了吧，她低頭將眼鏡摘下來，就在這瞬間，辦公室的窗簾突然被一位同事拉開了，外面難得的台北午後秋陽刷地潑進來。在這瞬間，顯然好幾個動作同時發生了，背對窗的我反射地回頭，陽光直射入我眼底，我趕緊把頭轉回來，並閉上了眼睛。原本是林姊的她，也被陽光嚇了一跳，先是抬頭，接著將臉藏進我的投影裡。

無法確切解釋如何發生的，在那瞬間交錯中，我的眼中留下了一片陽光的殘影，但神奇地，殘影的正中間，是她摘下了眼鏡的面容。兩個光暈，一個大些在底下，很亮，而且邊緣帶著瑰色；另一個小些，浮貼在大光暈上面，柔和的亮，純粹、乾淨、完整，她的臉。

我應該是驚訝地不自覺搖了搖頭吧，於是眼前的兩個光暈隨著我的動作，拖曳出一道光腳來。我不敢再動了，也無法張開眼睛。這樣的殘影會留多久呢？我盯著看眼前的殘影，發現並不像原來以為的那麼快消退。依舊清晰，甚至有幾秒鐘似乎還變得更加清晰，亮度暗了一點，瑰色的邊緣擴大了範圍，使得中間的影像彷彿拉開了和底層光暈的距離，浮得更高些，也就更靠近我些。我發現自己身體某個地方竟然微微顫抖著，因為期待那影像會更高些、更高些而顫抖著。

我看不清楚化為光暈的她的臉，但我就是知道那不是過去我所看到的，而是某個更真實的影像。陌生、遙遠、簡單、素淨，所有的線條都被淘洗得如此直接坦白，扎扎實實的美，如同美的本身。

我堅持閉著眼睛，決心既興奮又憂傷地目睹這影像必然的消蝕滅絕。光暈中的她的臉，沒有再靠近了，開始和底層的光暈一同變暗、變小，但還在那裡、還在那裡，我慢慢地不得不承認：這是我見過最美的一張臉，眼鏡不只遮去了她由細緻睫毛繡織出來的完美眼眶輪廓，還遮去了她窄窄鼻樑上方接到額頭的起伏，還引開了對於她嘴角小幅上揚幅度應有的注意。我專注、近乎貪婪地觀察著。

光暈愈來愈暗，但還是沒有消失。或說到後來就停留在一種似有似無，似消失了卻又明明還在意識中的狀態。我再也分不清那究竟是原有的光影殘留，還是因為我盯視太久了，以至形成了的記憶。在那麼朦朧迷離的邊界上，留著我當下突然知道將再也不會忘卻的記憶。正因為以朦朧迷離的情況刻記下來，從來沒有清楚過，就一直維持著不變的朦朧迷離，不像其他現實印象，會隨著時間而褪色、扭曲、歸於黑暗與空無。

摩托車

我後來再也沒有見過那輛摩托車。我問過，問過好幾次，加上她偶爾自己說出的一兩句話，拼湊起來，摩托車應該是撞壞了，而且就是在她第一次進到我家那天撞壞的。

那天晚上，家裡的電話突然響了。接起來，先聽到對方打公用電話銅板掉下去的聲響，然後才是她的聲音：「你在家？」我覺得意外，但還是習慣性的無聊耍寶：「不在。」她笑了，但那笑聽起來就是輕了點、短了點。沉默了一下，她說：「可以出來幫我個忙嗎？就在你家附近。」我不假思索：「當然。妳在哪裡？我馬上出來。」又沉默一下，她說：「十分鐘就好，跟你爸媽說你出來十分鐘。」我又耍寶了，抬頭環顧空蕩蕩的客廳，故意大聲叫：「爸！媽！我出去一下，今晚不回來了！」在那頭，她用急切又壓抑的語氣：「你在幹嘛啦！」我突然感覺好像聽到她將手指搭上話筒掛鉤的聲音，怕她就把電話掛了，趕緊大聲說：「我家沒人啦！一個鬼都沒有！」她幽幽地回應：「又沒人又沒鬼，那你是什麼？」

幾分鐘後，我在樓下大門口看到了她，身上除了皮包之外，拎了一個小塑膠袋。她腳上和手上，都有明顯的擦傷痕跡。她想找個地方看一下身上的傷口，並且擦擦藥。小塑膠袋裡是剛剛在藥房裡買的藥。她解釋：「本來想問你能不能陪我到附近的診所，後來想，也許可以先在你家洗一下傷口，擦擦藥？」

當然可以。上樓的過程中，我當然問她發生了什麼事，她都只搖搖頭。進了門，她問我爸媽呢，我學她，也只搖搖頭不講話，指著她的傷口：「這比較重要。」她去浴室裡，關了門，我坐在客廳裡發呆，然後猶豫著是不是應該把電視打開，還想了一下，這個時間，會看到重播的《小甜甜》吧。起身要去開電視時，聽見她叫我的聲音，同時聽見她將浴室門鎖打開的聲音，我心頭被刺了一下，原來她鎖了門。

她叫我進去，抿著嘴，深呼吸，頓一下，說：「幫我看一下後面，我看不到，也搆不到，應該不嚴重，應該沒關係，看一下確定一下就好。」她遲疑、小心地將裙子拉起來一點點。腿膝蓋彎上一點點，我沒看到什麼。對她搖搖頭。她點點頭，做放心狀。但我知道那不是真正的放心。我問：「是不是會痛？」「一點點。」沒有思索，我知道我一定沒有思索，我用手指尖碰了碰她的裙緣：「這裡嗎？」她閉起眼睛來，也沒有思索，我知道她一定沒有思索，說：「不是，上面一點。」我移高了手指，又輕輕地觸：「這裡嗎？」「差不多。」我仍然沒有思索：「我看一下。」她還是閉著眼睛，更遲疑、更小心地將裙子拉得再高一點，但正因為她拉得太小心了，手的力道不平衡，裙角一下子升高了五公分，她立刻急著將裙襬整個放下來。

我看到了，右大腿後側，一大片烏青。「撞得很厲害，但不知道有沒有破皮。我幫妳擦藥。」我一邊蹲下去，一邊右手伸掌，跟她拿藥。我蹲好，還沒有抬頭，身邊已經只剩一片空氣。我回頭，看著她收拾東西的背影，走過客廳的背影，我沒有動，一個念頭在那瞬間占據了我：我們能從一個人背影看得出她的心情嗎？背影能表達什麼、不能表達什麼？

M和林姊

她比我大十一歲。我怎麼也記不得從哪裡、為什麼知道這件事的，但絕對不會錯，十一歲。對她最早的印象，是講起文學來時的那種特殊親暱口吻。她認識所有的文學作家，她抽屜裡裝滿了作家們寫給她的信。其中甚至有幾封是露骨的情書。

她知道他們許多事，誰和誰為了什麼事吵過架，誰和誰曾經追過同一個女生，誰討厭誰的作品。她可以自在地從這個作家談到那個作家，從這本雜誌這一期談到那本雜誌那一期。

說的時候，她習慣推推她的眼鏡，眼鏡和說話的嘴，占據了聽她說話的人的注意力。因而一旦她將眼鏡摘下來，而且不說話時，她就變得不再是原來我認識的那個人。

從「林姊」變成了M。M也不是都不說話，而是不說一長串，有頭有尾的話。這裡一句、那裡一句，中間省略了很多，不接起來，也不解釋。還有，常常說一些重複的話，乍聽不知道那是什麼意思，有時候聽了很多次也還是不知道那是什麼意思。

我後來常常聽到的一句，是「你在哪裡？」用悠悠的、低低的聲調說的，像從遠方傳來的。不是聲音的遠，而是意圖的遙遠吧。在我身邊、耳邊說出的話，卻不像是對我說的，對遠方的某個人說。第一次聽到很震撼，很痛，很嫉妒，誰呢？她在想誰呢？但很奇怪，第二次聽就習慣了，身體裡而不是腦裡，有一個地方告訴我這不痛這不痛，告訴我嫉妒不是對的反應。

有一次，當她又近乎無意識地說出：「你在哪裡？」時，那聲音給了我明確的聯想。媽媽小時候曾經經歷過花蓮大地震，幾十年後她都一直記得：地震是有聲的。在天搖地動之前，有一個低低的神祕的聲音，遠遠靠近過來，但又在一個距離外停了，沒有繼續前進，而是飄到天空上，然後，大地震。我從小就好奇那會是什麼樣的聲音，我沒聽過，但她說：「你在哪裡？」竟然就讓我想到那低低的神祕的聲音。

「地震，是啊。」M點頭，簡短地回應。

白報紙

M從我家靜靜離開後，有好幾天，可能一個禮拜吧，我都沒有去雜誌社找她聊天。

放學車子經過她辦公室那一站，我會讓自己盡量在搖晃不已的零東車上站得直直的，或少數一次，坐得直直的。不動，維持不動。過了那站，才應對自己心裡的疑惑：為什麼？為什麼不下車了，不再像開學以來的這段時間內，拎著大盤帽、夾好書包，擠到前門下車，走進那個長條寬敞的辦公室，對抬起頭來的M擺擺手，將自己理所當然地放到她的桌邊？

我怎麼了？我在擔心什麼、或在害怕什麼嗎？我在逃避什麼嗎？還是我在報復她那樣不聲不響不理會我就走出去？我的報復有用嗎？她什麼時候會注意到我一直沒出現，她會因此而不舒服嗎？……

問啊問，心中唯一確定的，是我無法應對自己心裡的疑惑。不管我如何閃躲，疑惑終究會引導到她，不是「我為什麼」，而是「她為什麼」。她為什麼就這樣走出去？我縱容自己在心中裝模作樣地浮上英文來：That's the question。

於是，就再縱容一點。我拿了一張白報紙，開始寫：

然則陰雲還是在最後一刻止住了滑落的衝動，停留在低低的天上。

我召喚他，我舉高了手要觸摸他，下來吧，下來吧，讓我在你之間，把我和整個世界隔開，我渴望活在雲霧中，彷彿自己也失去了重量。他落下了一兩滴淚般的水珠，點點我的額頭，說：但，那不是你能承受的，那沒有重量卻比整個世界還重。

我以為會寫很長，但寫完這一段，就沒有了。突然空蕩蕩的，什麼都沒有了。好大好大的一張白報紙，只在右上角，有寫了很小很小的字的一小塊。其他都是空白，背面，當然也是空白。我將近乎空白的大紙摺起來，摺成三十二分之一大小吧，放進卡其制服的上口袋裡。

第二天放學時，我進入一種從未經驗過的茫然狀態，專注回想著昨晚寫完那段話時的空蕩蕩，維持在空蕩蕩裡，上了車、下了車，進了M的辦公室，貼切地呼應我的茫然，她不在座位上，我從口袋裡拿出摺好的白報紙，放在她桌上。回身，她的同事，早已認識我的，對我說：「她應該馬上回來。」我說：「沒關係，沒有一定要找她。」

茫然狀態結束了，世界轟然回來，以秋冬之際不該有的溫暖，熱熱濕濕地包圍了我。

媽媽

我應該是錯過了第一通電話的響鈴。我坐在房間裡，雖然家中除了我沒有任何人，卻還是習慣地戴上耳機，聽錄音帶裡放出的音樂。李建復的專輯，裡面有〈龍的傳人〉，不過更重要的是有〈歸去來兮〉和〈曠野寄情〉。我總是忍不住隨著李建復的歌聲一起唱：「我又回到相遇的地方／一個空曠淒清的地方／讓北風從我臉上飛掠／我的心也隨著飛翔……」在某兩個句子中間，隱約聽到了像是電話鈴響的聲音插了進來。

我拿開耳機。底下民生東路上的公車凶猛地呼嘯著。我又戴回耳機。又聽了兩、三首歌吧，我突然神經質地急速將耳機摘開——還是底下民生東路上公車與摩托車比賽飆速的聲音。五秒鐘後，電話鈴來了。

M說她在我家樓下，想跟我說幾句話，一下子就好。我遲疑了一下，問：「在樓下說？」她也遲疑了一下，說：「好，我進來說。」她的口氣，讓我有點緊張，在她掛掉電話之後，我突然覺得我不想聽她要說的，至少不要這個時候聽。我開著門，看到她從電梯裡走出來，神情凝重，我脫口而出：「我媽在家。」

她臉色煞白，愣在門口，我從來沒看過，甚至從來沒想過她會有如此不知所措的神情。她甚至不敢邁完從電梯走出來的那半步，盯著我身後半開的門，似乎生怕我媽就在那裡。然後，她沒說話，回身去按電梯鈕。又是那個背影。

我急急脫口而出：「我騙妳的啦，沒有人在啦！」她維持那個等電梯的模樣好一陣子，還好電梯一直沒有來。她轉身，臉上一個無奈的笑容，攤攤手。我用最肯定的口氣，鄭重地說：「真的沒人，一個鬼都沒有。」然後耍寶地指指自己的胸口，補一句：「好吧，一個鬼。」

她跨前一步，伸出右手食指，在我胸口同樣位置指了指，說：「你，為什麼要騙我？」話還沒說完，到「騙我」，她的聲調就維持不住原本的笑意了。她哭了，先是默默流淚，然後用手扶著自己的額頭哭，接著肩膀起伏著，我趕緊將她拉進門，關了門，她就在門口蹲下來，傷心地哭。

因為哭過吧，後來坐在沙發上，她斷斷續續地說，前後錯亂地說，我必須自己將她說的整理出秩序來，才有辦法明瞭。她說的，有很多空缺，我沒有把握我填補上的，都符合她的意思。但在當下，我沒有問，後來許多類似的情況，我也都沒有問，我聽到我能聽到的。就好了。

她來，為了跟我解釋那天為什麼不說話離開。不是我，是她自己。在我家的浴室裡，她開口叫我，讓她想起了她的媽媽，想起了那一天，她聽到媽媽在浴室裡叫她。

媽媽把她叫進浴室，媽媽面對著鏡子，透過鏡子的反影看她。媽媽身上只穿了薄薄的白襯裙，她嚇了一跳，從來沒有看過這樣的媽媽。媽媽一定很認真很在意地從來不讓別人看到她這個樣子。媽媽堅決地要她靠近，拉起她的手，說：「妳幫我摸摸看。」媽媽將她手拉到自己的胸部，聲音中有種乾澀、緊張、嚴厲：「有沒有不一樣？」她不敢碰媽媽的身體，卻又不敢不碰，輕輕地觸了一下，媽媽突然壓低嗓音，像責備又像請求：「不是這樣！妳一手摸妳自己，一手摸我，看有沒有不一樣的地方。」媽媽透過鏡子瞪著她。

她不認識這樣的媽媽，她突然希望鏡子裡的影像可以告訴她，這人根本不是媽媽。但那眼神卻立即如常地在她身體裡喚起服從的反射動作，儘管再奇怪、再詭異，她還是按照這奇怪、詭異的命令摸了自己的胸部，也摸了媽媽的胸部。然後她知道了，她臉上的表情顯示了，鏡子裡媽媽的表情變為清澈無疑的請求了：「妳感覺到了？有對不對？很大一塊對不對？」但她不知道，那請求是要她說「有」，還是說「沒有」。艱難地，她點點頭。

然後，媽媽將眼光從鏡子裡移開，移到白磁磚牆上不知哪一個細節溝縫，說：「莉莉，我要死了。」

那一天，我走進浴室，她從鏡子裡看到我，在鏡子裡和我眼光對視，突然有點不好意思，將眼光移開，立即心頭一陣緊糾，她聽見了她媽媽說：「莉莉，我要死了。」她沒有辦法待下去，顧慮不到我的感受，沒禮貌地走了。

大致表達了這樣的意思，她從沙發站起身來，沒看我，說：「不是因為你，真的不是。你對我很好。……我走了。」這一次，她顧到了禮貌，但還是顧不到我的感受。

襯裙

我記得她身上穿的每件衣服，衣服的每樣細節。也許是早在那時，我已經預感我很快會需要這些記憶來提供力量與勇氣？

可惜的是，那時候，我還不明白有另一種記憶更直接、更強烈、更不容易褪退，也就更不需要經常回想維持。那是嗅覺存留的氣味。我不記得她那天的氣味，竟然不記得她那天的氣味。

她穿著一件白色中扣襯衫，有著小小的立領，立領鑲著細小的花邊，花邊從領子上往下延續，鑲圍著中間的門襟。門襟窄花邊外兩、三公分處，又有兩條更寬些的花邊，花邊的材質比襯衫本身輕軟，敏感地反應她任何細微的動作。光看那些花邊，會覺得好像隨時都在微風中，都處於無風和有風的曖昧中間狀態。

襯衫的扣子是半球狀的，看起來像半顆切開的珍珠。珍珠白，比襯衫的顏色稍稍米黃些。第一顆扣子的位置剛好在鎖骨的正中央，沒有扣到脖子上。扣子很密，遠遠超過實用所需，整排扣子形成了另一道整齊的裝飾，加上門襟花邊，襯衫的中央部分很華麗很突出，相對地其他部分就全然單純，沒有口袋，也沒有明顯的袖條。只有袖口留得寬些，加了鬆緊帶，產生帶點花邊效果的皺褶。

她穿了一件格呢的一片裙。真的就是一片。脫下來可以完全展開，攤成一大片布。上端縫出了雙層的裙頭，裙頭上有簡單、再平常不過的扣環。裙頭中央另外有幾個扣孔，可以調整裙圍的大小。穿的時候，先依照腰圍的大小在適當孔位扣好扣子，然後將半邊的裙布拉過來，扣上扣環，就成了一件有線條的裙子。

那呢布，紅底上面交織著黑色、深藍色和綠色的直線紋。條紋粗細不同，而且顯然是按照色彩明度安排設計的。綠色最亮，所以線條最細；深藍色其次，線條中等粗細；黑色最暗，線條相應就最粗。

她的襯裙，是全白的。在我的意識裡，無法存留「襯裙」這個名詞，對著自己，我說不出「襯裙」來。我的意識裡，那是 shimiz，沒有文字，只有音，應該是來自日語的音；就像也不會有「胸罩」，只有burazya。都是爸媽認定不適合用台語或國語來描述的東西，也就是不適合讓我們兄弟倆人聽到、聽懂的東西。那對應不上文字的聲音，總是配著媽媽奇特突然降低的嗓門（平常她說話總比一般人大聲些、高調些），陰暗、神祕、尷尬。

我很少很少正視曬衣竿上的shimiz和burazya，那不是我應該看的。只有一次，我一再努力遺忘，卻都忘不掉的一次。高一下學期，像傳染病一樣，各班突然都流行找女校郊遊聯誼。下課在走廊上，話講著講著就講到郊遊，而且帶一種不怎麼掩飾的競爭心情，比較看哪一班班上有人認識女校學生，有辦法把人家全班找出來。

大部分的人找的都是國中同學，而且都是前三志願的高中女校。我們班上最皮、最叛逆的阿忠覺得這樣太稀鬆平常了，於是就拉著我們幾個，去幹一件別班的人沒幹過、應該也不敢幹的壯舉——到街上去找「壞學校」的女生，直接在街上說服她們給我們電話，願意安排她們班和我們班郊遊。

我們在往西門町去的寶慶路上，百貨公司門口，找到了目標。一群白上衣淺藍裙的女生，人數跟我們差不多。她們很快就發現我們跟在後面，幾個人推推擠擠要去跟她們說話又不敢。我們還推不出人去代表搭訕（這時連阿忠都滿臉通紅抵死不從了），她們突然掉頭一百八十度轉彎，變成直直朝我們走來！我們愣住了，完全無法反應，釘在當場看著她們各個憋著笑從我們中間穿過去，然後爆發為集體狂笑。

她們過去了，當下不知哪裡得來的勇氣，我低聲對死黨們說：「跟上去啊！」當下不知道，但後來不自主地在眼前重演這一幕，我明白了勇氣的來源。她們五、六個人（不管在記憶中重播過多少次，總算不清她們是五個還六個。）走過去了之後，其中有一個女孩，回頭看了我們一下。她短短的頭髮擺盪著，手摀著嘴，但奇特地，她的臉上表情讓我覺得她沒有真的在笑。她張得大大的眼睛裡滿滿是認真。她沒有參與在她們的大笑中，她那麼樣……我不知該怎麼形容她和其他同學明顯的不同。

很多年後（很多年後都還擺脫不了這段記憶）我才找到勉強適合的形容詞。端莊。她有一種和那個環境、那陣笑聲、甚至貼著「夏裝上市特賣」宣傳鬧哄哄的百貨公司門口，格格不入的模樣。她真的好美。

她們在延平南路右轉，朝小南門的方向走。這時候阿忠回過神來了，像是要扳回剛剛失去的面子，他繞在我們中間，換著對不同的人說：「她們故意走到比較少人的路上，沒有別的行人時，我就去『把』她們。」這個時候，我心裡面沒有「她們」了，只有「她」。我緊緊跟著她的腳步，貪心地打量收取她背後的影像。突然，我的上身顫動了一下，從身體反應接著才知覺顫動的理由。我看到了她們前後兩排，五個或六個人的背影，她的制服白襯衫明顯比其他人都來得亮、來得薄、來得透明。在近十步之外，都看得到她制服底下的微肉色，肉色上的白色線條，burazya 的線條。在近十步之外，只有她的白色線條感覺上是立體的，我幾乎不自主地要在十步之外伸出手來，想像地探測觸摸那白色線條。

那天回家之後，吃完飯，我將碗筷拿到廚房水槽裡，水槽旁邊就是開向後陽台的窗戶，窗外掛著未乾的衣物。我楞站在那裡，看著吊著的burazya，盯著那小得很難注意到的鉤環，比對勾和扣，完全無意識地，也就無法自我控制地，反覆研究著這樣一件小小的東西，如何扣上，又如何解開。扣上，解開。扣上，解開。

當我察覺自己在想像什麼時，我的身體經驗了前所未有的興奮，以至於使我幾乎不知道該如何走過飯廳、客廳回到自己的房間去。

Shimiz

那應該是來自日語，或許是日語的外來語，我從來沒去探究。家裡媽媽這樣說，就是了，那樣東西，就是有音無字的 shimiz。

M的 shimiz 是純白的，不像是大人身上會穿的貼身衣物，帶著濃濃的孩子氣。質料不是很軟，不會貼著皮膚，似乎隨時浮在一層薄薄的空氣上。以往夏日時分，鄰居的小女孩穿門走巷時，常常就只有這樣一襲 shimiz 短短的只蓋住屁股，洗舊了還會半透明地顯出裡面的內褲來。小女孩長大的關鍵點，也就在只穿shimiz出門時，開始會被大人制止。Shimiz 從可以當夏日外衣，從此變成了必須總是被遮蓋的內衣。

M的 shimiz 有著粗粗的肩帶，幾乎有半個肩膀那麼寬。前胸的圓弧開口則開得比較低，而且縫了一道很容易向外掀翻的蕾絲花邊。脫下來放著時，shimiz 的白色白得很單調，可能是加了一點麻質材料的關係，形狀也有點僵，總讓我想起小時班上一個彆扭的女生，說不上來到底哪裡彆扭，但就是讓人很難記起她的長相或她任何特別的動作，所以經常遺忘了她的存在。可是每當看到她時，又無可避免覺得她或坐或站的模樣，不知哪裡不對勁，比別人自在自然的模樣，這裡多了一公分、那裡少了一公分，舉這隻手慢了一秒鐘，或擺頭錯過了一個定點。

但彆扭的 shimiz 穿到M的身上，竟然就透出一種光澤，應該是她的膚色加上原來的白色形成的。也有可能並不是真正的光澤，其實不是色彩，而是曲線、幽微似有似無的動作、衣物與身體永遠不停息的觸接、分離，那種超越了感官能夠追索的細膩動態變化，被整理、轉化為靜態的光，光的錯覺。

彆扭的 shimiz 穿到M的身上，原本看起來就是因為舊了而鬆垮缺乏彈性的胸口蕾絲花邊，也好像取得了自主的生命。我總覺得那道蕾絲花邊有意志有意識地在向我招手，吸引我的注意，注意到我原本應該會羞怯不敢注意的，M的胸乳。從比我想像更靠近肩膀的地方開始微微地高起，沒有任何突兀的角度變化，完整而溫柔的弧線，簡單、純粹、安靜，帶著一種難以形容的甜美，淡而明確，那樣兩道悠滑的弧線，和 shimiz 領口的不羈線條，形成奇特的互補關係。

「曠野寄情」

那天放學後，我如常地去雜誌社找她。我甚至特別想好了話題，以免在不小心的沉默中，讓我們想起前一天在我家發生的事。我覺得她應該也不希望再想起自己蹲在門口哭的樣子，還有她媽媽，她媽媽在浴室裡說的話。

我決定和她聊民歌。她喜歡鄭怡和羅吉鎮，我喜歡施孝榮，從來沒聽過羅吉鎮。我們同學都喜歡施孝榮。高二合唱比賽，全班擠在一個同學家練唱，因為他們家有鋼琴，遇到需要分部練習時，其他沒輪到的人就在客廳裡，有人拿著那同學的吉他，刷啊刷，大家一起唱〈歸人沙城〉。唱到「歸去我要　歸去我要　回到我的沙城」時，幾乎毫無例外，琴房裡的指揮一定會開了門臭臉大罵：「吵死了，這樣裡面要怎樣練唱！」

我沒聽過羅吉鎮讓她很驚訝，她低聲唱了一句：「他們說世界上沒有神話，他們說感情都是虛假……」問我：「你沒聽過，他和李碧華最新的歌，電視電台每天都在播。」我聳聳肩，說：「我高三。」她笑了，說：「我知道，不用提醒，高三了，還在這裡混什麼？回家去唸書，乖，回家唸書。」

「我沒那麼乖，回家不會馬上唸書，要先聽一段歌，練一陣子吉他。」我告訴她我最近在聽李建復，但不是〈龍的傳人〉，是專輯裡的另外兩首，〈歸去來兮〉和〈曠野寄情〉，聽著聽著，已經把這兩首的和絃都抓出來了。真的很厲害，斬鐵章，〈曠野寄情〉裡用了那麼多個 si，第一句是三個 do 開始，第二句就從三個 si 開始，很不穩定，但很適合李建復有點激動的聲音。

我一邊說，一邊用左手在她桌上按著〈曠野寄情〉的和絃。她看著我，然後稍帶誇張地看看空蕩蕩沒幾個人的辦公室周遭，吐了口氣，站起身說：「走吧！」我狐疑地問：「去哪？」她沒回答，收拾東西，拿著皮包真的就走了，我只好背起書包跟上去，下了樓，外面是亮晃晃的夕陽，她轉過來，手遮在眉毛上擋陽光，說：「想去聽你彈吉他唱〈曠野寄情〉。」

我聳聳肩。不知道該怎麼反應時我就習慣地聳聳肩。我們走離開她辦公室，朝著我家的方向。

走得比平常我自己走的速度慢，慢得多。我也不確定這是不是她的速度。走了大約有半小時吧。

路上我說得多，她說得少。因為我找到了一個理所當然在走路時談的話題。我告訴她高一暑假，我去參加救國團中橫健行隊活動，在那一星期間確認了自己真正想做的事，確認了自己給自己的明確身分。我是個文學的追求者，我是個詩的信徒，我要做、我該做的，是努力讓自己學會如何寫詩，寫出像樣的詩來。

我想像著，自己帶著一個沒有人知道的祕密身分，走在那路上。大自然、天與雲與高山與溪澗，是我作為一個詩的學徒的教室、考題、也是老師。下午，睡過午覺整隊重新上路，陽光烈烈，逼著大家緊挨著山壁在那一線陰影下走，我只要走進陽光裡，就可以避開其他的人。

其實，那樣的陽光很好，熱中帶有涼涼的風，像是一個壞脾氣的人老去了，於是不免會露出自己都管不住的仁慈。「老太陽」，我在瘂弦的詩裡讀過他這樣用，原來太陽也會有年紀，或者是，因為詩，詩幫助我們感受到原來太陽也是有年紀的。

我一個人走在靠近秀姑巒溪的這側，看著底下的溪水沖刷溪底的大小石頭。從武陵農場出發，愈靠近花蓮，公路逐漸下降，離溪愈來愈近，而且溪底的石頭顏色也愈來愈白。突然，一個強烈的感受抓住我，真的，不像是我想出來的，而是從不知什麼地方啪地掉到我身上，我都可以知覺到自己因為驚訝而微微顫跳了一下。

突然，我看著石頭，發現當溪水沖撞上石頭，隨而在石頭兩旁繞開，再在石頭後面迴匯時，那石頭有一種清楚的表情，他自豪地欣賞著自己近乎完美的圓弧線條，完整而溫柔，他的自豪中包括了知道必須要堅忍站在那裡站那麼久，才取得完整而溫柔的線條，那美不是理所當然的。他用沒有眼睛的外表看著（我就是覺得他在看著）沖過來、繞開、迴匯的溪水，他的敵人，他的朋友，為他塑造出完整而溫柔的線條的力量，百感交集。

我低著頭說這些話，連過馬路時都沒有抬頭，更是一次都沒有看M，我甚至不確定她是否聽見了。但她應該聽見了吧，即使低著頭都能察覺她的步伐離我愈來愈近，要過新中街時，她的袖子貼磨著我的袖子。

我從來沒有跟任何人說過這些。這是我的祕密。我原來以為不可能讓任何人知道那顆有表情的石頭，也不會有任何人能了解。M能了解嗎？不知道，但我竟然也就低著頭說了。

進到家裡，關上門，我才第一次看M，她眼睛裡有奇特的光，我立即感覺到了。她站的距離，比我預期的更近，近到讓我能夠精確地衡量我和她的身高差距。她微仰著的頭幾乎就在我左肩窩裡。她微仰著頭，堅決地，帶命令口氣說：「給我看你寫的詩。」

我心頭一陣被奇襲的慌亂。我不自覺地搖頭，可能搖了很多下。她說：「不行嗎？我不能看嗎？」那語氣也是我陌生的，有點失望，卻又有點戲謔挑釁。我努力想弄清楚該如何面對這樣的陌生。這不像她，但這不是她，或這才是她、更是她？但在我眼前發問等答案的，就是她，不管是或不是她。我知道自己抵擋不了她的失望或挑釁。我說：「不是不能給妳看，是不能在這裡。我不想把我的詩稿拿到客廳來。怪癖，沒辦法，我覺得客廳是我爸我媽的，不是我的。」

她沒有再說話，隨著我走進我房間。我彎下身要打開書桌最下層的抽屜時，她從後面抱住我，她的聲音明顯顫抖著：「不要回頭，不准回頭。」

那仍然是我陌生的。但很奇怪，我沒有驚訝，好像自己早已練習過許多次，早已釘好了堅實的決心，我回頭，抱住她，在思索降臨之前，快速地以唇碰觸她的唇。

Burazya

這也是來自日語的名詞，在我們家也從來都是有音無字。我後來知道了，不記得從哪裡知道的，原文應該是法文 brassiere。但對我來說，brassiere 或「胸罩」，還有更遙遠的「奶罩」，和 burazya 不是同樣的東西。「奶罩」是穿在你所不屑的欲望對象身上的，brassiere 是穿在你覺得自己沒有資格欲求的欲望對象上的，至於「胸罩」，那是一般的、所有的其他女人穿的。

M的 burazya 是肉色的。肉色而不是膚色，我當下看到時的印象。至少不是M的膚色，比M的皮膚深一點，很奇特的色差，仔細看只差一點點，但快速一瞥卻會對照將她的膚色襯托得好白。另外一種對照是 brazya 有著光看就能看得出來的造作的彈性。肉肉的，而且是不太健康、不太鮮活的肉。襯托下，M的身體，沒有被 burazya 遮住的部分，彷彿都只有細白光滑的皮膚，沒有肉，沒有一點肉帶給人的濃濁感覺。

她的 burazya 比我想像的複雜得多。肉色的表層不是平坦的，有著繡上去的線紋，紋路很密，可以感覺到都是彎鉤狀，一條一條彼此纏捲。最下面的地方有一塊比較硬、沒有彈性的底座，罩杯接連到底座之處，正中間，有一朵小小的玫瑰。Burazya 有兩條肩帶，每一條都有一個小小的，小得像玩具的調節環，調整肩帶長度用的。但不知為什麼，整件都是肉色的 burazya，卻用了白色的調節環；也不知為什麼，M的 burazya 兩個調節環，調得不一樣高，左邊比右邊低一點點，也許三公釐的差距吧，一點點，卻如此醒目，讓我始終難忘。

胸乳

她赤滑的背貼著我的胸。她稍稍抬頭看，似乎要確定我是否睡著了。我移動了放在她腰間的右手掌，來回上下，表示我醒著。有一個衝動，想要讓手一直往上移，碰觸她胸乳的下緣，在那裡徘徊，每一次多移一點，一公釐、甚至半公釐，然後算算看，要多少次，不知不覺地，無限小的耐心累積，會讓我的手到達那仍然神祕無比的乳暈地帶。

想著，但我不敢。就是不敢。

她問：「你媽呢？」他們不在家，他們在美國，去找我哥，同時在那裡想辦法辦綠卡，應該至少要辦出短期居留的證件，才會回來吧。那我不懂。

她問：「你媽不擔心你？放你一個人在台灣？」我媽，應該不擔心吧。每天晚上十點半，他們會打電話回來，不過都是我爸打的。但有時候也不打，如果他們必須東跑西跑找人、辦手續的話。

她問：「你和你媽？」沒什麼，我媽在跟我賭氣。自從我說我一定不會要去美國，她就不跟我說話。很無聊，我還沒當兵，就算要去也去不了。但她主張我考上大學先休學，先去當兵，這樣說不定可以去美國唸大學。我說我也不一定考得上大學，沒考上大學，也不會馬上接到兵單，大概還要等一年，這種事我媽根本弄不清楚，而且，就算沒考上大學、就算當完兵，我也絕對不要去美國。然後，我媽就不跟我說話了。

我停下來，覺得自己說了好多話；更重要的，覺得她很靜，比原來靜，換我懷疑她睡著了。睡著了也好，我將自己的臉埋進她的頭髮裡，嘴唇輕觸她帶著極細汗毛的後頸。她突然微顫了一下。我嚇到她了嗎？還是什麼嚇到她了？

我突然覺得預感她接著要問什麼。她會問：「你真的絕對不要去美國？」我該怎樣回答？我真的絕對不要去美國嗎？抱著她，這個即將要遠離去美國的身體，我真的不去美國嗎？我沒有辦法回答，無法在這麼快發生的事情之間想清楚。

我的預感是錯的。對於她，我常常錯。她沒有問美國。她說起她的媽媽。一句一句，中間有或長或短的停頓。不連續地說，而且像是對著她前面的，我的床頭的空氣說的。

「我媽是乳癌。」……「動手術割掉。」……「進手術室時，說是要割右邊。」……「就是我摸到硬塊的那邊。」……「她跟我說：『莉莉，我要死了。』」……「她又跟我說：『妳一定要讓我出來、醒來，知道嗎？我還有話要跟妳說。我沒出來、沒醒來，就不能跟妳說了。』」……「我沒辦法，他們在裡面決定的，沒有跟我們商量。」……「他們發現左邊也不行，後來他們就只是說『不行』，『左邊也不行』，沒有說怎樣不行。我也不能問。也不能叫我爸去問。」……「好久好久她才出來。久到我以為她不會出來了。兩邊都割掉了。」……「我不知道該怎樣跟她說。我甚至不知道要不要在她自己發現前先告訴她。」……「我不敢想她會怎樣發現，一抬起手就摸到嗎？還是光是痛，麻藥退了就會感覺到？」……「護士進來就說了，很直接，只看了一下，床邊只有我，護士叫她『阿姨』，『阿姨，兩邊乳房一起割掉比較安全又比較方便啦。我們會幫妳安排裝義乳。兩邊都沒了最好，妳可以自己選新的奶奶要多大、要尖還是要圓，以後穿衣服更風騷。』」……「我差點奪門而出，無法聽這麼粗俗的話。我覺得自己的臉應該燒到一百度了吧。但我不能走，還有媽媽要顧。」……「我擔心媽媽會氣昏過去，有人這樣對她說話，而且說的是她的胸乳。媽媽一定沒辦法從床上起來給她一巴掌。」……「護士還沒說完，還把我也扯進去，轉頭看我一眼，低頭在我媽耳邊說：『以後妳女兒會羨慕妳呦！妳可以選比她挺比她尖的。其實連我都羨慕妳，』說著她竟然還用手托托自己的胸乳，繼續說：『我的太垂了，如果能換成挺一點的多好，小一點都沒關係，就是不要那麼垂。』」……「我完全不敢看媽媽，整個過程。」……「那時候，媽媽沒有反應。應該沒有，我不知道她如何接受手術變成兩邊，不是原來說好的一邊。」……「但那天，就是那天，她問我：『圓一點的好看嗎？我覺得太尖了怪怪，太年輕。』我聽不懂，她沒頭沒腦突然就這樣說，弄了好久才知道她在說什麼。」……「那天，她說好多。拉著我說。」……「她說她自己太扁太平了，再高一點比較好。然後說，可是衣服說不定都要改，如果選了高一點的話。」……「她那天說了好多。」

她把自己捲起來，頭深深地靠向我的枕頭，似乎要盡量拉開和我看著她的眼光間的距離，幽幽地說：「我幹嘛跟你講這些？」

我也把自己捲起來，在她身後，緊緊地夾著她的身體。鼻子和嘴巴湊近她小小的右耳，讓她聽到我的呼吸。我希望她能聽得出來我心底想說的。「因為妳只有我，只有對我可以說這些話。」

我媽

其實我媽沒有真的不跟我說話，從美國打回來的電話，也並不都是我爸打的。認真算算，說不定媽打來的次數還比爸打的多。

但她每次打來，一定要讓我知道她不想跟我說話，那聲音裡有兩個人，一個媽，一個我媽。「媽」的那個必須要問問我吃什麼、學校考試考得怎樣，她的責任。「我媽」那個，則倔強地緊抿著嘴，堅決不發出任何聲音。有的時候，「媽」的那個問的問題，我還沒答完，「我媽」那個就故意急急掛了電話，確保我知道這段對話與她無關。

我習慣了。我媽總是將我所做的，看成是對她的杯葛。我說我不要去美國，對她來說就不是「我不要去美國」，而是「我要讓她去不成美國」。她會歇斯底里地吼我：「好啦，你不去我們也都不能去，我們能把你一個人丟在台灣嗎？好啦，我們就都陪你等共產黨占領台灣啦！這樣你滿意嗎？」

我長大了。我不去美國，他們可以去。我一個人在台灣上大學，一點問題都沒有。他們之前不是一直要安排讓哥哥和我大學就去美國唸嗎？那樣哥哥也就要一個人在美國上大學，不是嗎？我沒有要阻止她去美國。

這些道理怎麼說都沒用，她摀住胸口說：「你就是要！你就是要報復，從小你覺得我偏心哥哥，所以就要一直這樣報復我！你為什麼要一直這樣跟我敵對！」然後，她就哭了。然後，我就進房間，把自己鎖起來。

如果爸爸在家，我在房裡都會聽到她叫爸爸，哀叫：「我的心臟好痛！」於是，要嘛爸爸就憤怒地重重敲我的門，在門外喊：「出來！跟你媽回失禮！你為什麼就是這麼忤逆啊！眼中有爸爸媽媽嗎？」要嘛爸爸唸媽媽：「為什麼妳不能好好跟他講話，妳壞口氣去，他當然也會壞口氣來啊！」媽媽不能忍受被這樣批評，就把氣轉到爸爸身上：「就是因為你老是站在他那邊，他才變那麼壞的，你這種態度他當然不聽我的！」變成他們兩人吵起來。

都是因為哥哥不在家。或者說，都是因為我在家。我是家裡多出來的人。我不去美國，就不會再是多出來的那個。

內褲

很奇怪，在我們家，內褲就是內褲，沒有別的名字。為了區隔自己的內褲和我們的內褲，常常媽媽還會直接說「三角褲」。和 shimiz、burazya 強烈對比。

為什麼？明明內褲更不正常，更不該被看到，不是嗎？我幾乎無法讓自己看M的內褲。我的眼睛很自然地避開。當然也有可能因為和其他衣物不一樣，內褲始終穿在她身上。她起身要將衣物穿回去前，我才強迫自己注意看她的內褲。我的心臟狂跳，跳得幾乎比剛剛任何時候都要猛烈，真的必須動用全部的意志力，才能讓自己不要別過頭去。

僅有類似的經驗，是國中二年級學校運動會，逞強報名了男子組所有的跑步項目。一百、兩百、四百、八百和四百接力。我是班上唯一一個田徑校隊，而且剛在市中運得了獎牌。挺身而出為班級爭光，那時候真的這樣相信。我沒有練過八百公尺，我的專長是短跑，八百已經是中距離了。但班上同學不知道，他們預期我會再多跑出一面獎牌來。我用跑短跑的方式跑，三百公尺之後就不行了。前面已經跑了一百、兩百、四百，一百公尺還有預賽、決賽，得跑兩次。跑不動了。胸口痛，喘不過氣來。

我必須停下來。但因為我用短跑的速度跑，這時我在領先的第一位，全場都在看我，都在對我叫。我停不下來。我一定要撐到終點，就算要死掉，也要撐著。在狂亂中，覺得每一步邁出去都如此困難時，我腦中竟然還有一個清楚的念頭，只有死掉才能讓我停下來。不如讓我就在跑道上死掉吧，就不用再跑下去了。

除非讓我在此刻，看著M的內褲的此刻就死掉，不然我就是必須看，而且牢牢記得。那一刻我不知道為什麼心情如此絕望、如此狂暴，應該是我已經察覺了，這裡有一個影像、有一個畫面，無論如何不能錯失，將來，我得靠這些影像與畫面活下去。

我牢牢記得她的內褲也是肉色的。但和她的 burazya 不是同樣的肉色，更淺、更淡一點，緊緊地包覆在她身上，幾乎像是她身上的一部分，無法分離。內褲的材質也和 burazya 不一樣。薄薄的，卻有一種奇異的金屬感，散發出冷涼的光澤。然而真正觸碰時，不是用手，我確定一直沒有用手碰觸到她的內褲，而是我的大腿皮膚碰觸的，那溫度，是近乎燙熱的。

應該說得更準確些，有金屬感的，是內褲的背面，前面不是。前面有一塊比較厚的織花，從最中心最底下的部位，以纏捲的線條往上散開來。像是要把觀看者的注意力，從那最中心最底下的部分引開，而實質的效果，卻反而使得那最中心最底下的部分成了漩渦的核中之核，靜止不了地吸著吸著，把一切都吸過去，吸進去。

考試

依照第一次模擬考的分數，我可以考上師大國文系，離台大中文系也沒差太多。通常學校模擬考題目會比聯考稍難一點，因而在導師的預測表上，我也就被列入在台大的範圍內了。

導師每周六放學前，會鄭重其事地發表他依照這周考試最新結果調整後的預測表。唸出表上落在台大、師大、政大三校範圍內的名單，並刻意凸顯本來不在名單內，「新進榜」的人。模擬考公布的那周，我在「新進榜」之列。

晚上爸爸打電話回來，我跟他說了我的成績，他驚訝地反應：「咦，比你哥當時考得還好嘛！」電話換給媽媽，媽媽問了每一科的分數，說老實話，去教務處公布欄看成績時，我根本沒抄各科分數，只抄了總分。正式的個人成績單也還沒有發下來。但我知道沒辦法跟媽媽解釋，不想惹她暴跳大罵：「怎麼有這種人，連各科成績都沒抄，你到底在想什麼？」我最討厭聽到她問我在想什麼，因為她從來不是真的要知道我在想什麼。

所以我拿了紙筆，先寫上總分，然後一科一科捏造分數。她問到的第一科，就是英文。我說：「四十三。」她嘆口氣。再問數學、國文……我一邊編分數一邊加總已經編出來的，問到最後一科，三民主義，啊，糟了，數字對不上了。「三民主義呢？」「嗯，九十二。」「考這麼高喔。」「嗯，這次比較簡單。」

還好，她顯然沒有把我報的各科分數記下來。如果她記了、加了，她會發現就算我三民主義衝到九十二分，各科加起來還是比原來跟她說的總分少了十幾分。因為我一開始就把英文分數壓太低了，以至於後來補不回去了。我其實知道我英文考了幾分。八十七。但我就是不想讓媽媽知道我英文考那麼高。還好，媽媽沒有發現。

星期一放學，走進M的辦公室，在她桌邊坐下來，她就問我模擬考考得怎麼樣。她問話的音量很正常，也就是旁邊其他同事都能聽得見的音量。我也就以正常的音量回答了。她滿意地笑了，那種「林姊」鼓勵來找她的高中生的溫暖笑容。我不喜歡，卻又沒辦法不喜歡。不喜歡是因為她會用這樣的笑容鼓勵所有的高中生。但那溫暖如此真實，燦亮亮的沒有一點陰影，還是真好、真漂亮。

然後她問我怎麼填志願。「台大的都填，後面選幾個英文系和中文系，然後就一定要有文化學院戲劇系墊底。」突然，她降低了音量，問：「有填成大中文系嗎？」問了，卻又急急堵住我的回答：「唉，你會上台大、師大，有沒填成大就沒差了，而且成大那麼遠，你也不會想去唸吧。」我盯著她，很用力很認真地盯著她，等她說完了，盡可能明確、肯定地一個字一個字說：「我—當—然—填—了。」

她脫口而出：「真的，你沒騙我？」她的眼底水水晃漾著。

她媽媽

「我差點就去唸了台南家專，音樂科，還好我鋼琴彈太爛了。」

去嘉義那天，往垂楊國小的路上，她告訴我。她有一個妹妹、兩個弟弟，兩個弟弟都唸台大醫科。他們家的規矩，男生一定要唸醫科，嘉義中學每年考上台大醫科的人數，向來只比台北建中少，比師大附中還多，這是每個嘉義人都知道，都引以為傲的。

比較少人知道的是，台南家專音樂科也有很多嘉義人，有時候一個班上，嘉義女生還比在地的台南女生多。因為嘉義有很多跟她家一樣的家庭，男生唸醫科，女生就一定要唸音樂。

「我唸不了音樂，我也不想唸音樂。我覺得音樂裝模作樣的，像我妹妹，她吹長笛，她很有天分，大家都這樣說，可是從小她吹笛子我都沒辦法看著她。算不清楚被帶去參加過多少次她老師開的師生音樂會，只要我妹上場，我一定要閉上眼睛，受不了她那種自我陶醉的模樣。明明我知道她是裝的啊！」

是因為在嘉義的關係嗎？她的笑聲聽起來比在台北時開朗。她繼續說：「我跟她說：『妳吹笛子的時候能不能不要那樣搖來搖去？』她很生氣地糾正我：『我吹的是長笛，不是笛子！長笛，妳不會說嗎？』她愈是這樣我就愈是要說『吹笛子』。記得還有一次我把她氣炸了，我故意裝得很天真地問她：『欸，妳知道「吹笛人」的故事吧？妳會吹笛子把一整城的老鼠都帶走嗎？那樣很有用啊！』她氣得說不出話來，擺頭走了，幾分鐘後衝回來，對我大叫：『我不是吹笛子的！而且吹笛子的是把小孩帶走，不是老鼠！』我想跟她說，故事後面才把小孩帶走，前面真的是帶走老鼠啊，但她已經衝走，聽不到我說什麼了。」

我故意露出誇張的驚訝表情，搖頭嘆氣：「真不知道妳也有這麼壞的一面。」

她臉一下子紅了。低下頭，短短的頭髮披下來，暫時遮住了她的臉。然後她快速轉頭看了我一眼，又快速轉回看著前面的路，說：「你不知道的還很多。」走了幾步，她維持看著前面，抬起右手朝我的方向招了招：「告訴你一個祕密，你不應該知道的祕密。」我猶豫了一下，不太確定自己應該用什麼態度準備聽她的祕密，高興、好奇、嚇了一跳還是若無其事？也在那一刻，我發現和她在一起時，原來一直有一種舞台感跟著我，好像總是要確認清楚，應該怎麼說這段話，怎麼聽這段話。

我決定，不管她看得見看不見，戴上一副提防她惡作劇的表情靠過去。她的手一直招一直招，到我的左肩牢牢貼在她右肩後面才停下來。

「告訴你，我其實不喜歡唸中文系。我甚至不喜歡文學。」這真是個我沒有料到的祕密。

「我的意思是小時候不喜歡文學，對文學沒感覺。」也許是沒等到我有任何反應吧，她補了一句。

我慢了半拍才找到的反應是：「那妳小時候喜歡什麼？」我最後的疑問口氣還沒結束，她就說：「空中飛人。我想當馬戲團裡的空中飛人。」一邊說她一邊拉開路旁的一家店門，一家立即從裡面瀰漫出咖啡香的店，還沒進門就看到櫃檯上排排站著多得誇張的虹吸咖啡壺。

我不斷回頭看那排咖啡壺，坐下來時，終於算清楚了，二十三隻虹吸咖啡壺！「他們要那麼多咖啡壺幹什麼？」她笑了，說：「店是人家開的，你管他們需要多少咖啡壺。」接著她使了個眼色，壓低聲音，說：「你不要抬頭，不要有任何特別的表情反應……我媽媽坐在你右前方最角落的位子上。」

什麼？我沒辦法完全沒有反應。我盡量維持著眼睛不朝右前方亂瞥，直勾勾看著她，也壓低了聲音：「她有發現妳嗎？要走嗎？」她笑著搖搖頭：「就是知道她在這裡，才帶你來的。」

什麼？為什麼？我應該用表情和手勢顯現很清楚了，然而她沒有理會，執意不理會，逕自地拾起進咖啡館前留下來的話題，說馬戲團裡的空中飛人，說她小時候的夢想，盪鞦韆的時候一次又一次想像盪到最高點處，將握住盪桿的雙手放開，在空中翻滾，感覺自己身體攪動空氣氣流……

我真的很想好好聽她說這段奇妙的回憶，但我無法專心。我無法不以眼角斜乜她媽媽。那是全店最暗的角落，隱約看到有一頂帽子，應該是圖片中草地上的野餐帽，不合宜地在那裡，彷彿單獨飄在空中，偶爾因風搖擺，雖然咖啡店裡完全無風。

不願跟我解釋她媽媽為何在那裡的M，帶著比平常更活潑的態度說話，而且時不時便越過擺了兩杯咖啡的桌面，碰觸、輕拍我的手。那是我不熟悉的動作，但她做來如此自然，好似已經不需思考做了一輩子般。

久了，無風搖擺的風中草帽，和M穿行桌面的白皙的手，在我眼中依隨著某種韻律應和著。

她媽媽

M說：「我媽說，她這話只能跟我說，本來連我都不應該知道。」……「我媽說，她想不到自己竟然會比我爸早死。」……「她說，這太不公平了，她不甘心。」……「她覺得她的生命，她想好的真正的時間，就這樣被偷走了。」

真正的時間

真正的時間，也是最虛幻的時間。正因為當下，我告訴自己，我要記得一切，我不能遺漏任何分秒片刻，於是我記得的，就連最基本的、應該最明確的影像與聲音，都無法確定了。

我唯一能確定的，記得最清楚的，竟然是我絕對沒有用手碰觸到她的內褲。不知從哪一刻起，我混亂一團的腦袋中，固執堅守著僅有的一個意念，「太多了！太多了！」已經多過我能感受，更多過我能記憶的了，我恐慌著，害怕這一切會就這樣發生，在我無法充分感受、詳實記憶的情況下，就發生了，就過去了。就沒有了，有，卻等於沒有了。

我不是沒有幻想過這一刻，在現實之前，以唇碰觸她的唇。很早很早，去雜誌社找她聊天沒幾次之後，就幻想過了。太容易的幻想。擠公車上學時，手拉著吊環，發現自己眼前坐著的女校學生，有著長長的睫毛，微翹的上唇，我就會幻想用唇先是輕輕碰她的睫毛，一路往下，找到她的唇。那就是幻想，下了車之後，甚至還沒下車之前就停止了的忍受搖晃、打發時間的方法。

我幻想碰觸她的唇。我幻想將舌頭伸進她的雙唇之間。我幻想親吻她的頸部，一路往下，到她的領口。然後停了。這樣就夠了。無法再想像下去，堅決地、近乎悲壯地禁止自己挪移在黃色書刊上看來的圖片套在她身上想。有一種自動機制，將她的身體，和我看來的裸女分別開來。而且，那阻卻想像的機制，比想像更令我興奮，更享受，享受於知道她之於我不只如此，我對她的慾望，不只如此。

以唇碰觸她的唇之後，一切來得太快了。我抱住她，她就回抱我嗎？我先將舌頭伸進她的雙唇中嗎？我的手在她的背上，隔著那絲質的襯衫遊走嗎？是我解開她襯衫那一整排密密相接的扣子的嗎？我的手沒有發抖嗎？解開那麼多扣子，要花很多時間吧，她都在幹嘛？她有跟我說任何話，她有說「不可以」，而我不理會嗎？應該是她自己解開裙扣吧，我不可能明瞭那一左一右、一內一外兩個勾扣的機關，不可能。是我拉起她的 shimiz，拉高到從她的頭上脫下來？從大腿部分往上拉，一吋一吋露出她的腰、她的胸乳，這過程中，我的眼睛在看什麼？要把 shimiz 脫下，她一定得舉高雙手，那會是多麼誘人的姿態，我有沒有忍不住帶點惡作劇地趁她被脫到一半的 shimiz 短暫困住時，親吻她全然張開露出的胳肢窩？她笑了嗎？她輕聲罵我了嗎？當我解開她 burazya 的背扣時，她發出一聲輕嘆了嗎？

我只知道，只能確切記得，就在她那不知是否真實存在的輕嘆聲之後，一個念頭像一把水果刀，劃著我那如同揉碎了的豆腐般的大腦，「太多了！」「太多了！」「太多了！」一刀又一刀。我發現自己躺在床上，呼吸著陌生的又深又急的呼吸，剛剛將自己卡其制服上衣脫掉。我脫制服時，她轉了過去，背對著我側身躺著。我緊緊抱住她，一動不動，感覺到陌生的又深又急的呼吸反覆吐氣在她的髮梢上，一、二、三、四、五、六、七……

我的眼光越過她的頭頂，凝視著此時散放在床邊的衣服，白襯衫、方格裙、胸口帶有蕾絲花邊的 shimiz，肉色而非膚色的 burazya。

最真實的時間，時間卻跳開了，動作、光影、聲音，所有在時間中展開的，混雜成一連串的問題。留下來的，只有凝結的，時間之外的靜物。我把自己生命中真正的時間，活成靜物畫了。

我恐慌著

真正的恐慌還在後面。外面天黑了，房間裡漸漸地都沒有光了。她說：「你可以去開一盞小燈嗎？」我不知道小燈該多小，摸著按了夜燈的開關。在那五燭光的微明中，她起身，穿衣。燈太小，光域太窄了，她前一秒在光之中，下一秒稍微歪斜身子，就沉入黑暗中。時有時無，魔術般的存在。我努力在她閃爍的存在剎那，每一個剎那，近距離地看她一件件穿上的衣物。我支起上身，盡可能地挪近床緣，離她好近好近，夜燈微光中才能容許的那麼近，不到十公分的距離吧。我身體的每一吋，不，每一個毛孔，都焦躁地渴求碰她，但心裡有一個無法解釋的更大的力量，硬是全面壓制住了每一個毛孔。只剩下眼睛被允許在她的衣物上不斷來回逡巡，叫喚起剛剛碰到衣物時的觸感，彼此對照，互相拼合。

她穿好了衣服，朝房門口走去，竟然能在我跳下床之前找到了門，扭開了門，但就在走出房門時，她踉蹌了一下，我趕緊搶到前面去，開了客廳的大燈。彷彿帶著「晃」的一聲，光刺得我不得不閉眼，等我張開眼睛時，就只看到她直直離去的背影。第三次，她不回頭，完全沒看我，從我家客廳走出去。

她將大門輕輕帶上那瞬間，一個凶猛的預感把我包圍、進而把我纏捲住，愈纏愈緊。她再也不會回到這裡來了。無論如何，就算世界因為她不回來而毀滅了，她都不會回來了。

我知道，因為在她的背影留下來的殘像上，現在鬼魅地疊上了一個小女孩的身形，一個我很久很久不曾見過、也不曾想起過的小女孩，但我立即就辨認出她是誰。

高玉珊。小學四年級時我是班長，她是副班長。我們是班上同學理所當然取笑的對象，男生愛女生理所當然的配對。我們有很多機會被取笑，因為老師常常將我們一起叫到辦公室，或一起留在教室。如果第一節是數學課，別人去操場朝會，我們兩人在教室寫板書，寫昨天的數學作業。考完月考，別人上課，我們就去辦公室幫忙改考卷。

我們其實不太交談。我們都很乖，才會被選作班長、副班長。少數我們忍不住會彼此說話的時候，說的就都是對老師的評論。

我們都比較喜歡三年級的導師，很溫和、很冷靜，不像一、二年級女導師那樣不時發怒吼叫，揮舞著手上的藤條。「而且我最討厭她叫同學打同學，藤條交給管午睡的人，看到有人沒睡就打。」她低著頭幽幽地說：「我沒被老師打過，可是被你打過。」

真的嗎？我不記得了。我不記得打過她，但我當然記得我管過午睡，拿藤條打過讓我看到沒好好趴著睡的人。我一定臉紅了。半天，鼓起勇氣說：「對不起。」她笑笑：「還好啦，你打得不痛，揮一下就收起來，但藤條的聲音很可怕。」

三年級的導師不太打人，罵人也不是大聲罵。他是鐵青著臉，用表情而不是用聲音罵，聲音還是低低的。他還邀我們去他家，我們兩個都去了，坐了很久的公車，到虎林街，一片稻田中一棟新蓋的樓。師母煮午餐給我們吃，但我們兩個都不記得到底吃了什麼。

最討人厭的是四年級換上的導師。明明早就不用考初中了，他還是一直繼續辦補習，放學之後去他家裡。二樓上不大的房子，一進門就都是菸臭味。他的辦公桌也都殘留著濃重不消的菸味。補習時間其實不幹什麼，就是大家自己搶有限的一些地方寫功課。寫完功課給老師瞄一眼，老師如果覺得沒有太草率，就可以到一個小角落去對數學作業的答案。有錯的，照著老師寫在黑板上（從參考書的教師版抄來的吧？）的解答改好，就可以回家了。

第二天數學課時，昨天的作業要交換批改，有錯的，一題打一下。有補習的，對過答案了，不會有錯不會被打；沒補習的，很難完全不錯，也就很難不挨打。

剛開始的時候，很少人補習，後來就愈來愈多了。雖然我的數學一直不錯，開學第二個月還是怕了，趕緊跟家裡要錢參加補習。

我旁邊坐了一個沒有補習的女生，一個老師很不喜歡的女生。她家在我們那個老街區裡少有的一小塊海軍住宅。甚至稱不上是眷村，就是一片圍著一個有口水井的中庭的老屋子，不知道為什麼被海軍徵用了，在裡面安置了不到十戶士官家庭。他們連自來水都沒有，真的就每天早上從裝了手壓幫浦的井裡壓水出來用。她爸爸總是不在家，在船上吧。她沒有錢繳補習費，所以幾乎每天被打。

交換改她的考卷，很痛苦。總覺得是我害她被打的。後來我找到了一種方法，讓自己不那麼痛苦，就是每天會幫她少算一、兩題錯。做了幾次，竟然就被老師發現了。

數學課時，老師把她叫到講桌前，大聲地斥責她之前被打的次數是不對的。老師憤怒地回翻她的作業本，甚至撕破了其中的一頁。一邊翻，老師一邊加，看她到底逃過了幾下。全班同學被老師明顯的恨意鎮住了，悄然無聲、不敢動彈，頂多只有微微轉動眼珠，看看台前的老師和她，再看看座位上的我吧。我必須很用力很用力才能讓自己釘在座位上，不會因為身體裡的激烈顫抖而跌下來。老師狂叫問她：要今天補打嗎？還是以後幾天分次打，分次打的話每天要多一下利息。幾乎天天被打的她也從來沒經驗過這種場面，禁不住嚇哭了。她哭了，卻引來老師的冷笑，繼續逼問她到底一次補打，還是分次打？

坐在位子上，突來的尿意使我腦袋一片空白。只能反覆告誡自己：不能尿、不能尿、不能尿！我的腦袋甚至無法記錄最終究竟她被打了幾下。腦袋要到下課了，老師走了，尿意消了，卻突然被從座位上推倒落地，才恢復運作。是她，她回到在我旁邊的座位，突然出手用力將我推向走道，然後趴在桌上大哭。

腦袋回來了。我笨拙地從地上掙扎著起身，注意到除了她的哭聲，全班仍然靜悄悄的，沒有笑聲。照理我跌到地上，應該有人笑，但，沒有。

沒有預期笑聲的環境裡，我太遲地想起剛剛我該做的。我應該勇敢地站起來，走到老師面前去替她挨打。作業是我改的，也是我改錯的，不是她的問題。老師卻完全沒有叫我、沒有提到我，那一瞬間，我恨我自己，更恨老師。

那天，放學前，我和高玉珊到黑板上寫字，她寫今日作業，我寫明天值日生及應攜帶物品。寫完了，回頭，意外地看到老師的皮夾在我腳邊。我把皮夾撿起來，無意識地打開，裡面有厚厚的一疊錢。我抬頭看了一下窗外，看到高玉珊剛好站在我和窗戶之間，眼睛睜得大大看著我。

這時，一群本來在外面打掃的同學衝進來，口中慣習地叫著：「老師來了！老師來了！」我手緊握著皮夾不知要怎麼辦，這瞬間，高玉珊伸出手來，我不加思索就把皮夾給了她，在我能夠思考之前，她已經將皮夾從三樓教室的窗戶丟出去了。

我匆忙回頭，快速掃過在教室裡的每一張臉，沒有看到任何異樣表情。這時，老師的龐然身軀在後門出現了。

後來，老師懊惱、生氣地找皮夾找了好幾天。教室還因此大掃除一番。那幾天，我和高玉珊離得遠遠的，就連老師不在時，都不敢看她。皮夾應該一直沒找回來吧，但從此，我也就再也沒跟高玉珊說過一句話，甚至，沒有交換過一個眼神吧！

靜悄悄

那天晚上，我睡不著。在床上，我不斷地換回側向左邊的姿勢，也就不斷地感覺到自己的臂彎裡是空的。雖然M在我臂彎中的時間，或許只有半小時，可能還更短，但那樣的曲線似乎就和我的臂、我的胸口黏在一起了，現在被拔走了，硬生生、殘酷地拔走，只留下空蕩蕩。像電影《獨臂刀》中王羽右臂空蕩蕩的袖子。看電影時我就老是想：看到自己空蕩蕩的袖子是什麼感覺？會想起右臂右手嗎？想起右臂揮刀時，從刀那裡傳來的重量？想起右臂將刀刺進對手身體裡受到的阻力？還是只能想起右臂被砍下來的痛？

現在我知道了，我想我知道了。最強烈的，不是記得、也不是痛，就是空蕩蕩本身帶來的驚訝。為什麼這裡會是空的呢？這裡怎麼可以是空的呢？這種驚訝感一直不斷地回來，不會因為你已經知道那就是空的，你可以跟自己解釋為什麼是空的，就取消、甚至只是減弱那份驚訝。

然後，我聽見了房裡的靜悄悄。不是真的沒有聲音，比沒有聲音更靜。沒有活著的，會動的聲音。只有鬧鐘一秒一秒移動的聲音。穿過房門傳來，冰箱馬達的聲音。

我跳下床，用力打開窗戶。外面不知哪裡，剛好也有人開窗戶，也許是關窗戶吧。有一個女聲叫著：「阿弟！阿弟！」然後有爬樓梯的腳步聲，由遠而近，一直爬一直爬，聲音最近時，像是就在我們家通往安全梯的後門口，停了下來。似乎在猶豫著要不要敲門，還是直接推門進來。過了幾秒鐘，毫無道理的，腳步聲又響起，由近而遠，但無論我怎麼努力聽，都聽不出腳步究竟是往上走，還是往下走。

然後，我聽到另一個由遠而近的聲音，喔，不只一個，接續一個又一個。公車、汽車、摩托車的聲音。我甚至可以聽到不同輪子在柏油路上摩擦的聲音。我躺回床上，即刻，潮般一波一波的車聲，帶著輪子摩擦聲，衝過來，衝過來，從我身上無重量地衝過去、輾壓過去。一輛又一輛、一波又一波。

讓窗戶洞開，我總算睡著了。

黃老師

黃老師很難讓人敬重，他身上有太多可以讓高三學生嘲笑的東西。他寫參考書，寫了好幾本，但在他成為我們的英文老師前，我們誰都沒聽過他的名字，也誰都沒用過他寫的參考書。他在班上自己賣書、自己收錢，還自己帶書來發，付了錢買了書的人，拿到的是每一本都有些皺褶，感覺上在倉庫裡躺了好一段歲月的書。

他的眼鏡鏡片是淺褐色的，像是某種劣質偷工減料以至於不夠黑的墨鏡。更糟的，還配上閃亮金邊鏡框。他說話音調偏高，可是音質又扁，老是鴨鴨鴨地叫著。有另一個老師，歷史老師，聲音也是這樣尖尖扁扁的，但歷史老師說話速度極快，年代、人名、地名，各種專有名詞，連

「俄皇尼古拉三世的亞歷山卓雅皇后的姦夫拉斯普丁」或「一六四八年由神聖羅馬帝國和瑞典和他們各自盟友所簽訂的又叫做威斯特伐利亞條約的西伐利亞條約」，都卡不住他，一溜煙就講過去。我們聽得目瞪口呆，根本來不及挑剔、嘲弄他的嗓音。黃老師不是，他說話慢，而且是刻意的慢，故意說得抑揚頓挫，結果更讓人意識到他的聲音有多難聽。

但誠實地說，我發現黃老師的參考書很好看，而且很有用。他整理英文字頭字根的方式，讓我一下子多記得了很多英文單字。我不知道為什麼這些書會賣得那麼差。還有，他上課時，大部分時間都在解說片語，他的理由是：「你們這些聰明的名校生，什麼記不得？什麼都難不倒你們，只有英語片語。因為英語片語每個單字你都看得懂，就以為你懂了，啊那就懂錯了。」

他在課堂上講 up 這個字。片語裡有 up to you，上去到你，這是什麼碗糕啊？意思是我人位子那麼低，年紀那麼小，肩膀窄窄擔不了重（他嘿嘿地笑了，我們知道他用了《鹿鼎記》裡韋小寶說的話，但他自己笑得那麼開心，反而就讓我們笑不出來了。），有什麼事我當然不能做決定，所以呢，就只能「上去到你」，呈給你，我偉大的老師、校長、皇帝，由你來決定吧！

片語的例句：Whether to give me some time off, it's up to you! 然後黃老師順便講了「some time off」，他用誇張的動作模仿搬動電燈開關，「On！亮了！Off！暗了！給我一點時間關起來，不是把我抓進籠子裡噢，是讓我休息，有一點時間像關掉的了的電燈泡，不亮了，沒有電燈泡，一男一女才能偷偷親親。」終於，班上同學被他逗笑了。

我也笑了，但笑過後卻覺得極度煩躁。我不該和他們一起笑，我心裡執意地指責，執意地後悔。他們不知道什麼叫一男一女，絕大部分的他們。他們之中幾個，少數幾個，有女朋友，但我在心中繼續堅持，他們也不知道什麼叫一男一女。那只是一個高中男生和一個高中女生，頂多就只是一個男朋友和一個女朋友，他們不知道，或許永遠不會知道真正的一男一女，甚至無法用「男朋友」、「女朋友」來形容的一男一女。

然後，黃老師繼續講下一個片語——put up with，「『放上去在一起』，這又是什麼碗糕？拜拜的時候，把碗糕放到供桌上嗎？……」

睡不著

連續三個晚上，我都開著窗子睡覺，在車聲中睡著。但每天放學回到家，卻都很累很睏，將自己摔在床上迷迷糊糊似睡非睡一陣，然後才出門去找東西吃。

我睡著了。被電話鈴聲吵醒，一時弄不清楚怎麼回事。天還亮著。我突然有預感，電話鈴聲會很快斷掉，我會永遠不知道電話那頭是誰。我跳起來衝到客廳。我的預感是錯的，電話鈴一直響一直響，響到我接起來。

是M。輕輕鬆鬆地說：「喂，為什麼都沒來找我？」我無法回答，拚命想都想不出該怎麼說。那一頭說：「不想跟我說話？」這我可以回答，明確地回答：「不是，絕對不是。」沉默了一下，那一頭說：「那是不知道要跟我說什麼？沒有話說？」這我也可以回答：「不是，是不知道怎麼說。」

又沉默了一陣，她換一個話題，問：「你爸媽什麼時候回來？」我瞄了一眼牆上的月曆，紅筆圈起來的數字：「下星期一晚上。」

她說：「如果都不要你說話，不用跟我說什麼，不用想如何說，你現在願意讓我上去嗎？」我知道我的聲音在發抖：「妳在樓下？」那頭沒有回答。我立即掛了電話，衝向後門，開了安全梯往下狂奔，心裡只有一個念頭：「別走！別走！」衝到樓下，她在那裡，離電梯五、六步外。我按開電梯，把她拉進電梯，完全不自覺地喃喃唸著：「別走！別走！」她低著頭，握了握我的手：「我沒有走，不怕，我沒有走。」

出了電梯，我拿鑰匙開門時，她說：「你答應我，今天你什麼話都不要說。我答應你，今天你什麼話都不用說。這樣好嗎？」

我點點頭。她就明確地，毫不猶豫地說：「抱我。」

開著窗子

我進入她身體裡時，天已經暗了。但她的頭髮卻閃著黑銀色的光。

我才發現房間的窗戶還開著。

先感覺到一股熱氣緊緊包圍著我的下體，然後那灼燒的溫度瞬間從氣體固化，像是一隻手用盡全力緊捏我的下體，要把它固定在那裡。但好奇怪，被那樣捏住，它卻不痛，而且好像那股力量愈大，它反而就愈是自然地朝著更裡面的方向移動著。那不是從我來的動能，我確定我沒有動，我不敢動，然而我的下體藉著一種奇特的反作用效果，深深地滑進去，再滑進去，再滑進去。

我沒有動。她兩手將我箍住，很用力很用力。她發出聲音來，因為我的嘴堵著她的嘴，聽不清楚她說了什麼。我試著聽，聽到的是從窗戶外傳來的車聲，洶湧嘈亂，淹沒了她的聲音，我只勉強捕捉到了語尾，像是問句般上揚的音調。

她在問我什麼？我不情願地放開她的嘴，我必須知道她在問什麼。

仍然淹在車聲裡，像隨著海浪逐流上下的遠方物體，時而出現時而消失。過了好幾波車聲，我終於聽到了，「你是我的？」……「都是我的？」……即便在全副感官的興奮和震撼中，即便我以為自己應該只能感受到下體的充脹時，她的話還是讓我的脊椎上傳來了一陣冷冷的電擊。我稍稍抬頭，將視線從她髮上的微銀光亮移下來，看到了她眼睛微睜著，沒有閉上。她看著我，她真真確確地看著我，囈語般問：「你是我的？都是我的？全部？」

我答應她我什麼話都不說。從進了家裡後，我什麼都沒說。她也沒說。只有在我手指碰觸到她大腿內部時，感覺到她跳顫了一下，我慌地收手，她輕輕地在我耳邊隨著呼氣吐了一聲模糊的：「沒關係。」

我該回答她嗎？我該告訴她我真正想告訴她的：「我是妳的，全部都是妳的，只要妳要我，恨不得妳要我的全部。」我想說，我甚至想大聲地說，說出來給我自己膽量可以放開內在繃得快爆炸的某根繩索，那根把我綁得死死不能動不敢動的繩索。

我想要知道如果我動了，整個身體用我不知道的什麼方式動了，會發生什麼事？會和她黏得更緊密（還能更緊密嗎？），還是像點燃引信般，把兩個人炸開？我可以違背承諾說話回答她嗎？在這樣的時刻，我從來沒有經歷過的時刻，可以說嗎？應該說出心中想到的話嗎？可以說：「我當然是妳的，全部，但妳是我的嗎？」

突然，我知道背脊上那道冷冷的電從哪裡來的了。我很用力很用力抿住嘴，連上下牙齒都用力咬著，不發出任何聲音，對著她微張的眼睛點頭，再點頭。

在我身體底下，她激烈地痙攣扭顫，下一波轟隆隆車聲中，她輕輕但明確地呼喊著：「我完了！我完了！我要你，全部！」

背影

這次，她沒有要我開燈，就著從窗戶透進來的光，她將衣服一件一件穿上。黑暗中我看不清她的衣服，只意外地發現她的衣服竟然在床邊一落疊著，按照脫下來的順序一層層放好了。所以她可以不需要燈一件一件拿起來。

沒有開燈，她的眼睛適應了黑暗，也就能夠直直地走到房門口打開房門，又直直地穿過客廳，找到我家大門。只有在打開大門後，她停了一下，似乎猶豫著要不要轉過身來，但也就頂多一、兩秒鐘吧，她還是沒有回頭走了出去。外面電梯間的光一整片流進來，瀰漫、渙散，給了她一個再清楚不過的剪影，她的背影，濃黑緻密，比周遭所有的黑都濃都密的黑。她走出去，門關上了。

Put up with

一整個早上，我腦袋裡都是 put up with 這個英文片語。很像是那種煩人的一段歌曲，莫名其妙地在心頭一直繞一直繞，怎麼樣也不肯離開。偶爾你意識到自己又在反覆哼唱時，會煩躁地斥罵：「停，不要再唱了！」但過一陣子，那段歌又偷偷回來了，剛開始躲在意識底下，然後愈變愈大膽，終於在不知重複第幾次時，干擾了你，讓你發現了，你又恨恨地罵：「不要再唱了！」

比煩人的歌更糟糕些，put up with 不只反覆在腦中響著，而且強拉著我不斷地用這個片語造句。有時候造出英文句子來，有時候更莫名其妙的，造的是中文，中英夾雜的句子。

Put up with something or somebody. I can’t put up with myself. And why should I? I am a terrible person. I can’t put up with my calmness. Or I can’t put up with my meekness? Why am I doing in school now, after what happen last night?

還是我無法 put up with 一個人在家中面對？Put up with 那還在我房間裡迴盪的她的聲音？如何 put up with 就是不會離開的恐懼？昨晚她走時，那個純粹黑暗的背景消失在門後，高玉珊，小小矮矮的高玉珊，堅決地將皮夾丟出窗戶的那個高玉珊，又急著印顯在沒有了她的背影的那塊空間上。我又覺得她再也不會回來了。

Can I put up with never seeing her again? Can I put up with never seeing her that way again, even if I can see her? What can I put up with and what can’t I?

我知道自己以前想過這個問題，我必須承認自己以前想過，雖然那時不覺得自己有資格想，所以只能迂迴地想。星期天的時候我會想。星期天不上課，她也不上班。我見不到她。如果我就再也見不到她了，會怎麼樣？我能在見得到她的時候不見她嗎？我該在還見得到她的時候，就開始練習不見她？我應該先開始想像再也見不到她的狀況，並提前適應？還是我應該把握有限可以見她的時候，什麼都不想，就是見她，和她說話，聽她說話？

那時候，一邊這樣想，我會一邊在心裡笑罵自己，「她沒有這麼重要吧？她不可能這麼重要吧？你從哪裡來的自作多情，覺得她那麼重要呢？」然後另外那個想著這些傻問題的我，只能不好意思地嚅喏嘀咕：「或許現實上不是，但我可以為了寫詩而想像啊！你沒聽詩人說過嗎？『一個沒有妻子的詩人會在詩中寫出一位新娘來。詩，有時比生活美好，有時則比生活更為不幸，在我，大半的情形屬於後者。而詩人的全部工作似乎就在於「搜集不幸」的努力上。當自己真實地感覺自己的不幸，緊緊的握住自己的不幸，於是便得到了存在。存在，竟也成為一種喜悅。』我不過是要得到存在而已。」

But now, can I put up with existence? 現在，我還能 put up with 不幸嗎？當不幸不再是想像的，而已經握在我的手裡，我還有力量、還有勇氣緊緊握住嗎？

詩人

我在校刊社遇見了詩和詩人，然後因為校刊遇見了M。

高一剛開學沒多久，一個沒有任何特色的日子，因為沒有特色而讓我永遠記得。中午，上完了英文課，如常取了便當，在自己的座位上吃發散著蒸過的燜味的便當，隔壁的韓突然說：「你不覺得，我們好像都在過別人吃剩下來的生活嗎？」

我嚇了一跳，這是什麼話？這是人話嗎？但好奇怪，這不像話的話，卻撞擊了我。「別人吃剩下來的生活」？嗯，從朝會到數學課、國文課、英文課，一早上聽那麼多在耳邊嗡嗡響的話語，真的，「別人吃剩下來的生活」似乎是我沒想過卻最精確的形容。

然後，韓看我不知如何反應，就問我：「你有讀過這幾句詩嗎？『後來他的名字便寫在風上，寫在旗上。後來他便拋給我們，他吃剩下來的生活。』」我當然沒有讀過。韓理所當然地說：「那你就會一直過著別人吃剩下來的生活。再給你兩句：『沒有什麼現在正在死去，今天的雲抄襲昨天的雲。』」

我從來沒有問過韓，為什麼莫名其妙在吃便當時跟我說起詩來。單純只是我剛好坐在他旁邊，便當剛好讓他想起「吃剩下來的生活」嗎？但他找對人了，我深深被這我從來沒有碰觸過的字句給打動了。

後來，韓就給我看他寫的短文。「詩是極冷酷的語言，你卻說詩是血肉磨出來的激情，在承認詩的貴族氣味的時候，你連帶把自己也投入一個思考的死胡同。你的風度氣質一向是我欣賞的，但是你自比為懸崖上的孤鷹，拒食人間煙火，就連親近如你我，語句之間還是隔著一道牆，我們互相欣賞，卻又站得這麼遠。你說橋是多餘的。在車上你是最落寞的一個，每一個動作都透露你詩人的氣質；在郊遊的時候，在學校裡、在社團裡，你是最不合群和最緘默的孤行者。」

我也想要寫出這樣的文字，一種和國文課作文完全不一樣的文字。

韓拉我一起去校刊社，不過他特別先提醒我：「那些學長們其實都不懂詩，他們的詩專欄編得很糟，明年我們一定能編得比他們好一百倍。」明年，我們？他怎麼如此肯定？

後來我當然同意，學長們編的校刊裡，新詩的專欄水準真不怎麼樣。但好像也不能說他們不懂詩，如果真的不懂詩，他們不會對韓表現出那種特別的態度。對待其他高一學弟，他們永遠擺著一副「你們太幼稚了」的模樣，唯獨對韓，他們不會。一般高一社員不能隨便進出的校刊編輯部，韓大剌剌地走進去，沒理誰，大剌剌拿起粉筆，在黑板上就一行一行寫起〈從海灘上回來〉，寫完了，大剌剌走出去。

我喜歡和韓一起進出校刊社，出於分霑他詩人光環的虛榮吧？在那裡，他近乎唯我獨尊，因為他是個詩人。

其實，我不能不承認，是韓先喜歡上M的，當我還理所當然將M視為「林姊」的時候。

其實，我不能不承認，如果韓沒有告訴我他喜歡M，我也許就不會開始在放學時固定去找M。

有一次，出於某種自虐的情緒吧，我衝動地跟M說：韓是我這一輩子最親近、卻又最對不起的朋友。我如果不是那麼親近他，也就不會有機會那麼對不起他。因為我知道他最想要的，偏偏我就搶走了他最想要的。而且還是他自己製造了機會讓我搶走他最想要的。

我講的，我能說得出口的，是校刊主編職務。我知道他早早就計畫好了，要編一本充滿文學性的校刊。要有二十頁扎扎實實的詩專欄，要有盛大的小說徵文比賽。詩專欄要配上最典雅的美術設計，每一首的標題字體表現都不一樣，都要應和詩的主題與寫法。小說部分要和美術社合作，找他們裡面最有天分的來畫插圖，經過嚴密反覆討論，插圖本身都會讓人愛不釋手。至於其他和文學無關的，那就讓編輯愛怎麼編就怎麼編吧。

校刊社有固定制度，現任主編有權提名三位下任主編候選人，然後在一場正式的編務構想發表會後，由全體高二和高三社員投票，從三人中選出一位主編來。高一快要放暑假前，原來的高二主編公布的候選提名名單，他當然提名了韓，另外依照慣例，提名了一位美編，然後還提名了我。

我清楚自己怎麼上到名單的。高二主編傲氣十足，很少跟高一社員互動，也就沒認識幾個高一社員。但他一定認識韓，因為韓，他也就認識了常常在韓身邊打轉的我。

當時高二的社員幾乎都認定了，下屆主編就是韓。我和另外的美編都是陪榜的。發表會和投票，不過就是形式罷了。我原來也認定了就是這樣。我明白地跟韓說：我會盡力促成他當主編，因為他要強攻文學，我就故意在編輯構想中完全不提文學。善盡備榜、陪襯的責任。

我提交的編輯構想中，要做一個超大型的「高中生關心國是」專題。另外因應剛剛發生的「中美斷交」事件，做一個「來來來、來台大；去去去，去美國」的教育專欄，美國都和我們斷交了，還要去美國留學嗎？

發表會時，韓和我形成了強烈對比。一個講的都是文學、美術，一個講的都是愛國、關心社會。發表完了，有質詢時間，一位高三學長就要求韓說說他要如何編「國魂」、「論壇」這種專欄，也要求我說說我想怎樣編文學專欄。我心中一震，忙著想該如何回答，以致都沒聽到韓怎麼說的。輪到我時，我說我喜歡新詩，卻對新詩不是那麼了解，我想學校很多同學應該跟我一樣，所以我會用校刊來推廣新詩，不是刊登同學的詩作，而是以教大家如何讀新詩、如何對新詩有所感應為主。

投票、開票，先開高二的票，一如預期，韓拿到了最高票；但接著開高三的票，出現了意外，超過三分之二的高三社員把票投給了我。加總之後，我，而不是韓，當選了主編。

我告訴M，那是我人生最尷尬的一刻。不知該如何面對韓。M說：

「不怪你，換作是我，也會把票投給你而不是投給他啊！」

「你在哪裡？」

我想整個過程中，我比她冷靜。我無法向她求證，但我知道、我相信，她一定沒辦法像我這樣記得清清楚楚。

她狂亂地從呼吸間爆發出氣音，要緊緊靠在她臉頰邊，我的耳朵才捕捉到了那聲音中藏著一個句子，簡短卻充滿情緒的句子。我第一次聽見她說：「你在哪裡？」

這次我沒有承諾她不說話，所以我增加了臂膀抱住她的力量，盡可能溫柔地回應：「我就在這裡。在這裡。」這裡是哪裡？我突然意識到，這裡是她的身體，在她的身體裡，多麼神奇的感覺，我在另一個人的身體裡，不是形象的，一個部分在一個部分裡，不是，而是以我進入她身體的那一點感官為中心，慢慢地我其他部位都被吸納融化進去，我從未比這一刻更強烈知覺自己，自己在一個無法形容的地方，時間與空間之外的地方，無法描述，所以只能是「在這裡」，我激動地補了一聲：「在這裡，在妳這裡。」

但她卻搖頭，猛力搖頭，臉部皮膚快速摩擦我的耳朵，她喘著氣，那樣吐氣的節奏使我覺得好像下一秒鐘她就要哭出來了，我試圖用眼神平息她的情緒，她沒看我的眼睛，又猛力搖頭好幾下，仍然用那模糊的氣音說：「不是，不是這裡，是那裡，你為什麼不在那裡？」

我無法回答，我不知道「那裡」是哪裡？而且當下我只能知覺「這裡」，透過我的下體和她的直接接觸，那樣的熱，彷彿帶著整個夏日的光一起冒發出來的燒灼的熱，使我無從分勻出任何一點意識去想「那裡」，我只恨不得永遠活在「這裡」，我可以死在「這裡」。

我要努力延長被融化入「這裡」的感覺。我要努力記得所有的一切，不能任由時間來控制，一陣大浪推移上岸，然後就必然地散碎退走，沒有留下關於浪的任何痕跡，不，我的愛與我的身體，不能是浪，不能就如此散碎退走。

於是，那一瞬間我聞到了她。她的脖子上有涼涼的氣息，像是鋪著霧的清晨，走上街等公車時，會一再錯覺自己出門得太早了，會一再無意識地查看手錶。我將鼻子埋進那氣息中，並且追隨著那氣息往下，一邊細細地嚙吻嘴唇經過的每一吋皮膚。在她鎖骨凹陷之處，我聞到了一點點汗意，甚至不是汗味，而是更幽微更淡些的，沒有辦法明確地掌握，比較像是某種以符碼構成的暗示，在我的鼻子裡或我的腦中點引了那份介於存在和不存在間的氣味，只讓我一個人聞到。這樣的氣味，使我變得更興奮，可以感覺到原本就已鐵杵般硬的下體，竟然還能加倍地更硬、更硬。

原本涼涼的氣息是一條線索，那幽微的汗亦是另一條線索，兩條線索絕對不容懷疑地在她的胸乳上會合。而且就在左胸凸起的那一點上。我將那一點輕輕地含進嘴裡，用舌尖輕輕地點觸，然後用內唇輕輕地廝磨，再用整片粗粗的舌面反覆包著、捲著。我聽見在我頭頂上，她狂亂地呼喊：「不行，不行，這是哪裡？這是哪裡？」

只有我

一切平息了之後，她蜷曲在我的臂彎中，低著頭，她說話時吐出來的氣吹著我前胸還帶著一層濃汗的皮膚。她說：「我只有你，只有對你可以說這些話。」我很想告訴她：「我知道。只有我。只有我知道妳只有我。」但我忍住了，我怕說任何話都會阻斷她想要說的。

她說：「我媽說，她這話只能跟我說，本來連我都不應該知道。」……「我媽說，她想不到自己竟然會比我爸早死。」……「她說，這太不公平了，她不甘心。」……「她覺得她的生命，她想好的真正的時間，就這樣被偷走了。」……「她說我爸外面有女人。」……「人家給了她地址，她找了去，在女人住處的門口等。等著等著就下雨了。她沒有傘，平常出門一定帶傘，偏偏就那天忘了。」……「她走到房子的窗下，聽得到裡面在放曲盤，有歌聲。先是唱片裡的歌星唱，然後屋子裡有一個女人跟著唱片唱，然後，又有一個男人也加入跟著唱。」……「她在雨中聽他們唱，雨一直下，他們一直唱。曲盤放完一次，又從頭放一次。」……「她也買了那張曲盤。在家裡放給我聽。我記得，還叫我學唱。爸爸在家時，她在客廳放起了曲盤，把我叫到客廳，抱著我，叫我跟著唱。我不大敢唱，我記得，因為爸爸在，總覺得爸爸會罵我，會阻止我唱。不管我唱不唱，媽媽就是讓曲盤放著，一次又一次。爸爸不講話，一陣子，就起身離開客廳。」……「不知道過了多久，有一回，曲盤放到一半，爸爸起身到留聲機旁，輕輕地將唱針拉起來，歌聲停止了。」……「我媽媽認為那就是我爸的道歉。他終於道歉了。我媽也就將曲盤丟掉，客廳裡不再有歌聲。我媽就原諒了。」……「但那是因為她相信自己會活得比我爸更久些，就算只是多活一年、兩年，都好。所以她原諒。」

H

我無法解釋這種感覺怎麼來的，我憑什麼如此認定，但我就是認定，我就是知道，M完全不像一個結了婚的女人。結了婚的女人不應該在我反覆親吻她的乳頭時，囈語般地說：「不行！這是哪裡？這是哪裡？」

235-53
新北市中和區建一路249號8樓
印刻文學生活雜誌出版有限公司　收
讀者服務部

姓名：＿＿＿＿＿＿＿＿＿＿ 性別：□男　□女

郵遞區號：＿＿＿＿＿＿＿＿

地址：＿＿＿＿＿＿＿＿＿＿＿＿＿＿＿＿

電話：（日）＿＿＿＿＿＿＿＿（夜）＿＿＿＿＿＿＿＿

傳真：＿＿＿＿＿＿＿＿

e-mail：＿＿＿＿＿＿＿＿＿＿＿＿＿＿＿＿

INK

INK PUBLISHING

讀者服務卡

您買的書是：______________________________

生日：　　年　　月　　日

學歷：□國中　□高中　□大專　□研究所（含以上）

職業：□學生　□軍警公教　□服務業

□工　□商　□大衆傳播

□SOHO族　□學生　□其他 ______________

購書方式：□門市_____書店　□網路書店　□親友贈送　□其他 _____

購書原因：□題材吸引　□價格實在　□力挺作者　□設計新穎

□就愛印刻　□其他 ________________（可複選）

購買日期：_______年_______月_______日

你從哪裡得知本書：□書店　□報紙　□雜誌　□網路　□親友介紹

□DM傳單　□廣播　□電視　□其他

你對本書的評價：（請填代號　1.非常滿意　2.滿意　3.普通　4.不滿意）

書名_____　內容_____　封面設計_____　版面設計_____

讀完本書後您覺得：

1.□非常喜歡　2.□喜歡　3.□普通　4.□不喜歡　5.□非常不喜歡

您對於本書建議：

感謝您的惠顧，為了提供更好的服務，請填妥各欄資料，將讀者服務卡直接寄回或傳真本社，我們將隨時提供最新的出版、活動等相關訊息。

讀者服務專線：（02）2228-1626　讀者傳真專線：（02）2228-1598

結了婚的女人也不應該在我第一次用指尖碰觸她下體最敏感的核心時，像是要瘋掉了般掩著口叫：「你在幹嘛？你到底在幹嘛？」

她真的是用一隻手，她的右手摀住自己的嘴。她沒辦法控制讓自己不要叫，甚至沒有辦法控制讓自己降低音量。只要我一碰她那裡，輕輕地用指尖圓圓地揉著，就像扭開了開關，她就叫起來。同時，她的另一隻手，左手緊緊地握住我在她下體附近遊走的手，握著我的手腕，把我的手固定在那裡，像是要阻止我，卻又像是不讓我移開。

我下定決心，要徹底地探索她的身體，有耐心有步驟地訪查每一個敏感的部位。我也無法解釋這份決心怎麼來的，更無法解釋怎麼能那樣冷靜排序，冷靜執行。我的唇和舌繼續徘徊在她的一顆乳頭上，然後用手指在另外一邊的乳暈上滑走，滑了二十圈吧，再用兩根手指輕輕地夾捏那邊的乳頭。然後將放在這邊乳頭上的雙唇也改成用夾的，同時加上舌尖前抵的一點點刺激。

然後將嘴唇換到那邊的乳頭上。開始試驗下一個目標，那是她的腋窩，不可思議全然光滑的凹陷部位。她扭動著躲開我的碰觸，我停下來，把手挪開，卻在她放鬆提防時，突然將整個臉湊過去，以頭的重量壓住她的上臂，用舌頭激切地舔舐乍然開放的腋窩。她扭動地更厲害了，試圖要翻過身去逃避我舌頭的攻擊，我將一隻手置放在她的大腿根部，她一翻身，就自動將下體送進我的掌心中……

我的下一個目標，是她膝蓋以上的大腿內側，另外一片光滑得不可思議的部位，我用手來回撫摸著，以手指畫過，用全手掌似觸非觸地浮過，再帶著點抓握的力量一吋吋黏著過去，停在最根部，和下體交界處，停在那裡，黏得更緊些，似乎要讓我的手變成她大腿的一部分，再也分不開來。然後，我想輕吻她的大腿內部，我的頭一往下挪動，她就察覺了我的企圖，她使出全身的力氣把我抱住，抱得我幾乎喘不過氣來，她說：

「不可以，就到這裡，不可以了，就到這裡……」

毫無防備地，我腦中對應著出現了一句問話：「你到過這裡嗎？」花了幾秒鐘，我才意識到那句話是針對我從來沒見過的那個人問的，H，我竟然在心裡問著H：「你到過這裡嗎？」我知道還有下一句，是：「如果你到過，為什麼我不可以到？」但這句話讓我自己感到沮喪。瞬間，我的慾望消退了，全身肌肉都鬆下來，不再充血，沒有力氣，讓自己癱著，純然被動地感受M抱住我的每一分力氣。純然地記得這一刻，是她那麼激切地要讓自己和我成為一體，像是要將我壓進她身體裡般。

時間

星期六下午和星期天下午，M都在我家。都和我在房間裡的床上。

時間像是彎折了，不再是一般的平順流淌。時間有不同的濃度，不同段落走著自己不同的步伐。最濃稠最濃稠的，是慾望的時間，我們身體交纏著，她的意識隨一聲聲狂亂低呼而恍惚迷離，似乎不斷遊走，朝一塊吸納漩渦游去，為了避免進入那不知是否有出口的漩渦，她緊緊抱著我，我也還以緊緊的擁抱。但那樣的緊抱給我更強的衝動去試探她的身體，反覆、耐心、變換各種方式地試探，於是又將她推送往更深更深的恍惚迷離狀態，刺激她更接近那危險，可能一去不返的漩渦，她只能近乎絕望地將我抱得更緊更緊。

我們在那漩渦般的時間中，我們又將自己活成一道往復循環的漩渦。我知道時間過去了，我抬頭可以看見拉上了窗簾的房內一分分地變暗，但那時間有重量，壓著輾過我們，每一秒每一瞬間都過得如此稠密，甚至覺得不是一秒一秒過去的，而是一塊一塊過去。

我的錶脫下來放在床頭櫃上，和她交纏翻滾之際，我不時會瞥見手錶。我當然勻不出手來拿錶看錶，但我就是感覺到要是拿了錶看了錶，我會看到錶面是靜止的，秒針、分針、時針都停滯著，不是停著，而是停滯著，像被什麼巨大的力量阻推住不得動彈，停滯、遷延，然後某一瞬間，那力量鬆懈了，於是秒針、分針、時針會一起一下子狂奔，一下子跑了好幾圈、跳了一大格。

有時，慾望退潮了，時間也就被稀釋了。拉得長長的，但上面還留著一些不平的皺褶。再過一陣子，一點點睡意襲來，時間就愈來愈扁，從立體的逐漸快要變成二維平面的，我們飄蕩在如同一張超薄白床單般的時間上，底下是空的，徹底的空無。在薄薄片狀時間墜落之前，我驚醒過來，確認她還在身邊，我的手摸過她濃密捲曲的毛髮，於是慾望快速又起，時間又變濃了，又開始像一張被送進熔金爐的鋼片般彎折、介於固體和液體間似流非流……

在正常的時間中，她會對我說話。或許是當她能夠不喘息不狂呼地說話，時間被她帶回到了正常狀態。她說的，幾乎都是她家裡的事。

她說了她爸爸。只要爸爸在家，其他人都自然地注意著爸爸的動靜，他一從原來的位子上起身，一定有人跟著動。在他前面將走廊的燈打開，再回頭將書房的燈熄掉。當他走進廁所，在他身後將廁所門關上。他走到飯廳，跨進飯廳的第一步，適時問他要開飯了嗎？如果他點點頭，那就有人去廚房準備上菜，另外有人去將小孩叫出來一起吃飯。從早到晚，廚房裡隨時留著一壺熱水，一鍋熱肉湯，還有碗櫥裡的兩道菜，任何時候他餓了，頂多十分鐘就有東西吃。她記得爸爸會自己動手的事很有限。在書房裡，有時要用到比較厚重的書，爸爸都會輕咳兩聲，媽媽或女傭就知道要進去問他需要什麼。客廳裡有一個放唱片的木櫃，爸爸會自己在木櫃前看看，拿出一張唱片來，擺在木櫃頂端，這時誰在客廳裡就知道要去幫他放唱片。那一次，爸爸選了一張唱片，放在木櫃上，媽媽過去，卻拿了另一張唱片去放，爸爸眼睛瞪得圓大，唱片歌聲播放出來，他眉頭深皺，眼睛看向腳底的磨石地板，沒有說話，起身離開。下一次，他剛在客廳坐下，媽媽竟然就將同一張唱片拿去放，歌聲響起，爸爸作勢要起身，雙臂在扶手上用力，一秒鐘後，頹然放棄了，坐回藤椅裡。不知道經過多少次，爸爸終於起身，有史以來第一次吧，走到留聲機前，自己將唱針抬起來，歌聲突然中斷，客廳的空氣裡只剩下媽媽的啜泣聲。

她記得自己陪著媽媽哭了。她不知道發生什麼事，是被那氣氛嚇哭的。當爸爸起身時，她以為接著來的一定是狂風暴雨，一定是爸爸怒氣衝天的責罵，她被自己的預期想像弄哭了。

爸爸常生氣，對小孩。爸爸生起氣來，就兩手抱胸以宏亮的嗓音痛罵，那聲音亮到使得她總是聽不明白爸爸到底罵了什麼。唯一能聽清楚的，是：「妳給他打！」說得快了急了，只剩下：「妳給打！妳給打！」那「妳」當然是媽媽，媽媽一手拿著短尺，一手拉著小孩，用力地朝小腿肚上打。媽媽平常總是梳得服貼滑亮的頭髮鬆開了，一小撮一小撮散髮披貼在她臉上，加上她緊緊咬著牙的嘴角，看起來很可怕。即使不是自己被打，看到媽媽那個樣子，都會讓她不住發抖。

爸爸不打小孩，幾乎從來不碰他們。她記得只有一次，爸爸自己出手給了大弟一個巴掌。爸爸一再叫：「妳給打！大力打！打大力！」媽媽盡量配合著打，打到後來沒力了，抓不住大弟，腳滑了一下，順勢癱倒在地上，大弟不意失去了媽媽的拉力，猛地朝反方向衝，幾乎撞到爸爸，被爸爸一巴掌打在臉上。

那一次，她當然記得為什麼。因為大弟在外面跟人家說爸爸是「辯士」，被鄰居當作笑話傳了回來。爸爸暴怒。爸爸是「辯護士」，是嘉義最早的名律師，而「辯士」是日本時代在電影院替默片插科打諢配音的人。兒子把自己說成「辯士」，對爸爸是奇恥大辱。

因為自己當「辯護士」，後來爸爸堅持兒子一定要當醫生，只能當醫生。她從小聽爸爸跟媽媽說，跟弟弟說，社會上有人敢不尊重辯護士，甚至敢嘲笑辯護士的工作，因為他們可能一輩子不需要辯護士，不會和辯護士打交道。可以沒有人敢不尊重醫生，誰都會生病，誰都需要求醫生。

女兒做不了醫生，最好就當「先生娘」。日本人的習慣，醫生家一定有鋼琴，二樓一定有一個朋友可以來聽貝多芬的地方。學音樂最適合嫁醫生當「先生娘」。「先生娘」管護士、管掛號、管藥，誰敢不尊重？

「但妳沒有當『先生娘』啊？」我幽幽地脫口說，話一出口就後悔了，我一點也不想聽她回應，於是我近乎粗暴地低頭用力地吻她，拉著她翻轉，讓她整個人壓著我，以她的重量和她的氣息引發我下一波的慾望，進入濃稠、彎折的時間裡。

背影

她不再記得要將脫下來的衣物堆在一起。要上廁所時，她先從腳邊找到了內褲穿上，卻找不到shimiz。我遞給她我掛在椅背上的套頭線衫，她猶豫了一下，伸過手來接。我把手收回來，以我能召喚的最大勇氣輕聲說：「我幫妳穿。」她又猶豫了一下，背轉過去，等著。

我將線衫從她頭上套下，她自然地用手將頭髮從領圈中拉出來，我忍不住用唇貼上她的背。好奇妙，我的唇一貼上去，她的皮膚就在我的唇間鼓起細粒細粒的疙瘩。我唇向上向下、朝左朝右，到哪裡都遇到她皮膚上新鼓的疙瘩，好玩極了。

我用唇在她背上遊走時，她一邊笑著扭著，一邊找到了袖孔，穿上了線衫，她將兩手往後一推，讓線衫能夠從她背上落下。她的推力使我的上身向後搖了搖，我擺回來，將她抱住。我把下巴抵在她的肩膀上，她靜止不動。我們維持這樣的姿勢好一陣子，一分鐘、兩分鐘吧，靜止與沉默壓著我，要將裡面的某種東西壓擠出來，就在我衝動開口前，她不知如何察覺了，她先說，很低很低的聲調：「不要說，拜託，現在不要說。」我模仿她很低很低的聲調：「好，我不說，我現在不說。」

那氣氛太凝重了，我只好靠手的動作來打破。我故意將手鑽進線衫底下，手指膩著她的皮膚蠕動，緩緩上移，移到胸乳的下緣部位，我意識到線衫底下她什麼都沒穿，意識到這是我第一次這樣將手探進衣物之下觸摸她，我又興奮起來了，感覺她的身體似乎比方才徹底赤裸時更誘人。

她急急起身，逃也似地奔出房門。幾秒鐘後，她又出現在房門口，門半開，只探進一個頭來，笑著說：「不准調皮，快告訴我廁所在哪裡。」我從來沒看過那麼豔麗的面容，在那當下，我才知道什麼叫做「豔麗」。她怎麼能那麼美？

她要離開時，黑暗中沒有頭緒找衣服。我將窗簾刷地拉開，外面的燈色透過毛玻璃灑進來，晃漾的光一下子剪出她的側影輪廓來，尤其集中照出從鎖骨往下微升起至乳頭，乳頭輕翹，再緩緩坡降的線條。就著這一點光，她彎身撿拾看得到的衣物，向左、向右、屈臂、側頸，如同一個應和著無聲節拍的舞者，以其極簡的舞姿表現著荷花池裡第一朵荷花將開未開的曖昧時刻，我看呆了，為什麼有人能那麼美？為什麼永遠不會有任何方法可以捕捉這樣的美？

她仍然在穿好衣服之後，不回頭地走出房間。我盯著她的背影，沉浸在那份不可思議的情緒裡，怎麼會有這麼美的人，怎麼可能這麼美的人才剛剛從我身邊走開？因而忘記了要感受她離去的撕扯，我就讓她的背影如此走開。

這是星期六晚上。星期天晚上，當她又不發一語，也不回頭地往外走時，我記得了那種撕扯的感覺，我身體裡有一塊已經那麼熟悉的部分，正在被拉走。我感受到一股往前朝向她的拉力，突然一個景象在我腦中跳出來：我看到自己從床上起身，像被一條強力彈簧瞬間彈向走到了客廳裡的她，我從後面緊緊貼抓著她，她驚叫：「不要，拜託，現在不要。」我偏偏要：「不要走，我不讓妳走，我愛妳。」她摀著耳朵，執意繼續朝外走，我身體裡湧冒出一股龐大的力量，如同退走時捲走所有砂石的海浪，用力將她往回拉，將她拉倒在客廳的磁磚地板上，她倒地時發出嚇人的「砰」一大聲……

我被自己嚇到了。我不知道這可怕的暴力想像從哪裡來的。我被嚇住在床上，閉緊眼睛，甚至不敢去看她愈來愈遠的背影。

星期天

我閉著眼睛，閉了好久，卻沒有聽見大門打開又關上的聲音。我怯生生地張開眼睛，首先看到的，是她的臉，在我眼前不到一公尺的地方。

「你幹嘛？睡著了？」她帶著同樣豔麗的笑容問。

她怎麼能這麼美？她怎麼能這樣平靜地偷襲我？怎麼可以前一分鐘的背影，變成後一分鐘的笑容？而且怎麼可以這樣問我？

我很努力很努力，真的，我的嘴角抽搐了好幾次，就是說不出回答的話來。我的眼淚，該死的眼淚先流了下來，兩眼一起流淚，眼淚流到嘴邊，我的嘴裡喊出完全不是我準備要說的話：「我不要看到妳走出去！我的話夾在喘氣中，連我自己都聽不清楚，我也恨不得她聽不清楚：「妳每次……每次都這樣……頭也不回走出去……妳都不回頭……也不說再見……都這樣……我受不了！」

她直視我的淚眼，豔麗的笑容仍在，摸摸我的臉頰，說：「嘿，我不是回頭了嗎？我不是回頭要來問你：『要不要陪我去吃晚飯』了嗎？」

晚飯

之前，我從來沒有和M在星期天見面，我也從來沒有和她一起吃過飯，一次都沒有。

我多收集了兩個「第一次」。

從我家大樓走出來，旁邊的巷子裡擺了一攤海鮮快炒。M說就去那裡吧，我遲疑著沒有馬上同意，但實在找不出反對的理由，就還是去了。

我不想去，因為那個老闆娘的聲音如此熟悉。每次只要打開房間窗戶，我就會聽到從底下傳來，海鮮快炒攤的動靜。最明顯的，當然是老闆娘招呼客人、介紹攤上好料、對老闆吆喝的聲音。老闆娘的嗓音，有分粗鄙，加上一分嬌媚。當沒有客人時，她和老闆之間的對話就充分混和了粗鄙和嬌媚。或許他們覺得空曠的馬路邊環境，兩人間就算說得大聲些，也不會有別人聽到。他們不會知道、不會察覺巷弄和大樓建築產生的效果，將話語清楚地向上傳，傳進我的窗內。

兩人為了什麼事起爭執時，老闆會拿出口頭禪來：「妳去給人幹啦！」老闆娘會笑著回：「我給人幹，你很光榮啦，龜公！」老闆改口：「幹你娘，說什麼嘵話！」老闆娘還是笑著回：「不壞嘛，我給人幹，你去幹我老母，這樣你比較吃虧。」老闆恨恨說：「妳欠幹啦！」老闆娘故意裝出嬌嬌的聲音：「是啊，現在你知道啦？來啊，我你某，本來就要給你幹的，你奇怪，常常不來幹，我當然欠幹了！」

當我在房間裡和M在一起時，總有一個幽微的時刻，我看見或開或關的窗戶，抑制不了自己想起底下老闆娘的淫聲淫語。我沒有辦法不受到干擾。她用那種語調說的事，和我正在做的，不可能是同一件事。全世界沒有更不一樣的兩回事了。我多麼痛恨她用那種粗鄙的方式，硬是將我和M牽扯上她和她那同樣粗鄙的老公。她憑什麼如此做？

還有，儘管明明知道不可能，我總擔心、甚至恐慌著，覺得會那樣讓我聽見她私密粗話的老闆娘，也會聽到從我房間窗口傳出來，房間裡的聲音。那使我更感不潔。

坐在攤上，為了避免意識到老闆娘產生的干擾，我努力填滿我和M之間的每一道沉默縫隙。

我告訴她，搬來民生社區之前，我們住在信義路上。靠近現在的美國在台協會，當時屬於美軍顧問團的營區。那裡經常有美國人出入，附近也有專為美國人服務的雜貨店，和一家酒吧。美國雜貨店裡也賣一點書和唱片。書是原版的，但唱片卻是翻版的，封面永遠都是「熱門歌曲」四個大字，大約每月發行一張新的。我的零用錢夠買翻版唱片，每張都買，買回家對著背面的歌詞一首一首反覆聽，聽得滾瓜爛熟。

書我買不起，但因為買唱片的關係，雜貨店老闆可以容忍我站在店裡翻書。能夠站著翻的，當然都是圖畫書。我在店裡看了 Snoopy，看了 Superman，還看了一本漫畫版的福爾摩斯。看久了，就多認了些英文單字，簡易的英文句法也就熟了，考高中時，算我幸運吧，那年英文考題特別難，有很多不是課文裡的例句，大部分人都考垮了，我的英文高分幫我上了第一志願。

說到這裡，我的臉刷紅了，不曉得M有沒有注意到。因為我想起了在那家店裡還翻看了另一本書，有一年寒假過年放假都耗在找店內冷清的時段，選擇沒人注意的角落，翻看那本書。那本書叫 *The Joy of Sex*，書中每一頁都有手法熟練的鉛筆素描，鉅細靡遺介紹男人和女人的身體。

我因為臉紅而說不下去。M接口說：「你比我適合去美國，我的英文很爛，我從來沒有看過任何一本英文書。」然後她身體前傾，鄭重地對我說：「怎麼辦？我其實很怕去美國。」我的直覺回應衝到嘴邊，但終究還是吞回去了，我想說但沒有說：「那就不要去。」

第一次

我第一次去找「林姊」，是陪韓去的。韓投稿給她編的雜誌，稿子很快就登出來，而且還收到她寫的一封熱情鼓勵的信。韓去領稿費時，順便見到了她。隨後幾天，在學校裡，韓一直將她掛在嘴上。

韓不時會瘋瘋癲癲的，對我們說一些真假難斷的狂言，所以當他說要追這位大姊姊時，同學死黨沒有人認真當一回事。對我們大家來說，一個念完大學出社會工作好幾年的女人，不是我們習慣面對的「女生」，像是另一個世界裡的人，怎麼會和我們扯上關係呢？雖然韓也不知道她幾歲，對我們來說，她就是「很老」，和我們平常注意的高中女生相比，很老很老。

大家在韓面前稱她「你的老女朋友」。韓心情好時就戲謔地說：「高射炮，只有我能射那麼高，你們太沒用了。」若是他心情不好，就罵一聲：「你再說一次我一定扁你！」然後不等對方反應，就悻悻然走開。

幾天後，我收斂了對韓的嘲弄態度。我讀到了他寫的詩，應該算是情詩吧，卻又不是一般的情詩。我記不得匆匆一瞥所看到的任何一個句子，但忘不了那詩帶來的情緒震撼。詩不是要寫給愛情對象的，而是因為愛情而來的自剖。超過一百行的詩中，兩種不同的聲音交錯著。一個聲音光明華美地讚頌著「妳」，另一個聲音卻陰暗憂鬱地自卑感傷，在「妳」之前，「我」何其猥葸不堪。然後一個聲音充滿自信地訴說對「妳」的思念，另一個聲音卻幽幽地想像「妳」如何對「我」視而不見。然後再下一段，一個聲音投射愛情的美好未來，另一個聲音卻鬼魅地假設如果「我」和「妳」真的因愛情結合了，會彼此發現對方世俗、醜惡的一面。最驚人的是結尾處，本來先後輪流出現的兩個聲音，混同錯亂地拼在一起，詩中的語意愈來愈不合文法，意象也愈來愈晦澀，成了一片讓人無從解讀的囈語。

我無法理解韓為什麼能寫出這樣的詩來。誠實說，我嫉妒韓不可思議的才氣。我好奇，什麼樣的人能刺激他寫出如此不可思議的詩來。或許我暗自妄想：如果能得到這樣的愛情對象，我也寫得出這樣的詩？或許我在潛意識中自我安慰：韓的才氣不是真的不可思議，通過他的愛情對象，我也就能解釋他的詩的奧祕？

我答應陪韓去找「林姊」。我們去到她辦公室時，她桌邊圍坐了

四、五個師大附中的學生，他們開玩笑打鬧的聲音，灌滿了整個辦公室。辦公室裡的其他同事都鎮定自持，若無其事。我後來知道了，她負責的就是文學雜誌中的高中生投稿特區，因為有這部分內容，雜誌得以進入校園，是雜誌發行上的重點。因為這樣的工作性質，她和各校校刊社常有來往，也就常有高中男生女生會到辦公室找她。她對這些學生，基本上來者不拒。

看到我們，「林姊」示意我們坐在對面的空辦公桌等她。她繼續和附中的學生聊天，他們幾個人爭著告訴她編校刊時和學校訓育組周旋的種種趣事。我可以感覺到韓的不耐，近乎不屑。我跟韓說話，他先是愛理不理，接著索性自己低頭寫起東西來，弄得我既尷尬又無聊。他寫了一陣子，寫好了，將紙摺疊好，起身把紙遞給「林姊」，她接過韓給的紙，微微地用嘴型對著我們無聲地說：「等我一下，一下就好。」我愣愣地點點頭，沒想到韓卻完全不理會，用力推開椅子，站起身來就朝門口走去。他的步伐不知怎地，就讓人覺得帶著怒氣。

幾個附中學生察覺了，一下子安靜下來。氣氛詭異。「林姊」無奈地又用嘴型無聲說：「等我一下，先別走。」但這時韓看不見她的嘴型了，只有我。我窘迫地不知所措，該起身隨韓去，該把他追回來（我明知他絕對不會回來的），還是該照「林姊」指示的繼續留下來？最後，我留下來了，不是因為決定留下來，而是沒有力氣、沒有勇氣改變自己原有的狀態。

有一個附中學生嘟噥了一句：「衝什麼啊？」「林姊」瞪了他一眼，其他人也紛紛對他使眼色。我覺得我留下來是對的，我在，他們就不能對我們、對韓的行為與動機恣意評頭論足。也因為我還留著，附中學生再怎麼不甘心，五分鐘後就不得不起身走了。

他們走後，「林姊」招手叫我坐到她桌邊，看著我制服胸口，直接叫出我的名字。我落坐後，她花了一、兩分鐘讀韓留給她的紙張，抬頭，對著我好奇疑問的眼光，堅決地搖搖頭。

「你跟他很好？」她半舉著手上的紙問。我點點頭。「他在學校人緣好嗎？」她又問。我誠實地說：「大家都覺得他是怪人。有些地方很怪。但我覺得他是個天才，文學上的天才。」「但他在學校人緣好嗎？」她還是要追問。我想了一下，說：「還好，他也不是一直都那麼怪，也可以跟大家一起玩，他和我們校刊社的幾個人都蠻好的。」

「但他跟你最好？」「應該算吧。」

就這樣，繞著韓這個話題，我們聊了大半小時。她告訴我她覺得韓內在有兩面，像是有兩個不同的靈魂、不同的性格，彼此角力、甚至彼此對抗。韓的兩個部分如此不同，天差地別，卻都是他。這種情況，讓她很替韓擔心。

我倒抽了一口氣，有點難以置信。我和韓當了兩年多同學，她只和韓見過幾次面，講過幾次話，為什麼她可以如此簡單直白地就說出我早該看到、知道的韓？

我想起來，在韓最早拿給我看的文章裡，他這樣寫：

「昨夜回家的路上，胃痛得很厲害，我幾乎可以聽見體內崩潰的聲音。我走走停停，坐下來休息的時候就激起一段一段不連續的思維。十六歲，我曾經認為自己是一隻鷹，跟你一樣孤高，一樣鄙視俗世，那是充滿飛揚慾望的時代，一心只想振翼鼓翅向天衝去，但是有一天倏然驚覺雙足異常沉重，回頭看見深深沒入泥沼的足脛，我一下老了一千年——任何頹廢都抵不過心境的蒼老——我墜入失望的深淵，骨骼漸漸化石。但是最近我獲得一股透達的力量，超越了蒼老的心境，進入沉穩的境界，我的精神開始落實，落成一塊塊巨岩、一座山，我的四肢向外擴展成一片高原，更沉穩了。未受人事歷練，我還是願意做一隻鷹，但是在現實的壓力下，我們只能成山，沒有飛翔的機會。」

那一刻，我懂了，原來文章裡寫的在閣樓上辯論的「我」和「你」，都是韓。他分裂成為一個鄙視俗世，像鷹一般的「你」，和一個承認自己不能飛翔，要面對現實的「我」。這兩個人，或說這兩種人，持續地內在拉鋸撕扯，造成了韓和每一個人都不一樣的獨特面貌。

我眼前這個戴著眼鏡的大女生，看起來和我們每天在公車上遭遇偷瞄的漂亮高中女生沒有太大兩樣，頂多是頭髮更長更自然，也就更漂亮些，但為什麼她就這樣，和她的髮型一般自自然然地擔心著分裂的韓？

我無法形容當時的心情。對於韓更強烈的嫉妒？能夠被她如此擔心，而且還真有理由讓她擔心？好奇並害怕，那麼透過她那雙眼睛，會一下子就洞視我，看出我耗了兩年多時間，都無能察知身邊好友的這種矛盾雙重性？並看出我不堪挖掘的貧乏？

應該都有吧。還有更多至今無法嘗試著去用言詞猜測的。

美國

爸媽回來了。爸爸拎著手提箱，媽媽臂上掛著那件領圍上冒著白毛的長大衣，開了門走進來。好像他們只是去哪家餐廳應酬吃了頓晚餐似的。

他們將帶到美國去的所有行李，都留在哥哥那裡了。我聽見開門聲，從房間裡走出來，打了招呼後，媽媽就使眼色給爸爸，堅決而嚴厲的眼色。爸爸示意要和我進房間，我停下腳步，轉往餐桌。我的房間已經不是他們離開時的那個房間了。變成了一個我希望他們永遠不要進來，也相信他們永遠無法理解的時空洞穴。

坐在餐桌邊，爸爸開始嚴肅地說美國。用國語說。每當他要對我和哥哥說什麼重要的事，他就會換用國語說。他沒有辦法用國語開玩笑，他也沒有辦法用閩南語，他的母語說和考試、成績或道德訓誡有關的話。在這方面，他是透明的。如果用閩南語說：「這次考第幾名？」那意味著他已經從媽媽那裡知道我考了好成績；如果是用國語問：「這次考第幾名？」那要嘛是他真的不知道我考得如何，要嘛是從媽媽那裡知道我得了應該被訓誡的不良成績。

「你到美國去，就會知道已經很危險了。」爸爸的開場白，然後還多加強調一句：「爸爸不會騙你。」

在美國，可以看到「老共」那邊的中文報紙。每天都有美國高官去訪問，或美國企業去投資的消息。他們在美國時，美國國會第一次依照「台灣關係法」開會討論對台灣軍售，「老共」報紙不只強烈反對，而且明白威脅說：他們視台灣向美國購買武器為明顯分裂國土的挑釁行為，將不惜一切代價予以阻止，護衛中國統一立場。

「要打啦！這是明白說要打啊！」爸爸手握拳輕敲餐桌強調地說。

這時，本來在浴室裡的媽媽走了出來，帶著一股激動的熱氣快速迫近，我心中一凜，完全沒有防備地，突然覺得預感媽媽要衝過來歇斯底里地問：

「你跟那個女人到底是怎樣？」

我臉陡地漲紅了，太陽穴狂跳著聽見媽媽衝過來歇斯底里地說：

「你要死在這裡嗎？你要被共產黨抓去嗎？」

我無法阻止自己想著卑鄙的念頭，無論如何痛切地自責。躺在床上，我一邊流淚一邊想著：「不，媽媽永遠不會發現，永遠不會有那個畫面。因為在他們發現前，在任何人發現之前，一切就都結束了。只要我不去美國，這一切就會結束在那個特定的時間點上。不必面對媽媽，不會聽到媽媽歇斯底里的質問，不必面對任何人。所以我可以不付代價地繼續探索她的身體，得到一次又一次狂喜的震撼。我不必停下來。」

只要我放棄飛翔，把自己活成一座山，永遠留在這裡。只要我不去美國，只要我徹底放棄再見到M的機會，那麼這段時間裡她就是我的。

不，我甚至還可以不必徹底放棄，也許她會回來看我，她會回來找我，我是一座山，就在這裡，永遠在這裡，她可以回來。

我可以像一座山那麼被動，山不做任何決定。山不理會未來，與自己或他人的未來都無關，未來屬於做決定的人，未來屬於會飛翔的鷹，他們要決定飛向何處、飛得多高，要不要轉彎要不要回頭，與山無關。

我知道這想法有多卑鄙，因而眼淚一直流一直流，我專注地感受淚水在眼中積累、滿溢、成珠，一顆顆從臉頰上順著大致相同的軌跡落下來，落到枕頭上。我甚至注意到，眼淚以不一樣的速度積累，時快時慢。或快或慢似乎也和我的思緒無關，不受我的控制。有時一下子就滿了，有時等著等著，在眶裡迴繞，使我意識到原來眼眶是有空間有深度的。偶爾眼淚會以非常的速度泉湧出來，過了一個臨界點，淚不再成珠，一股線形地注流而下。

我必須如此專注，不讓自己意識清醒地去追究，這念頭為何是卑鄙的。連弄清楚卑鄙的道理，都超過我所能承受的。我抗拒清醒，我期待迷離恍惚籠罩我，遮蔽我。

清醒

那應該是夢，但我卻沒辦法說：「我夢見……」好像周遭都進入了夢境，可是我沒有，我清醒地看到夢境裡的一切，清醒地感受夢境裡的一切。

我看見我不應該看見的H，他有一張我看了立即覺得自己不會記得，而且不記得也無所謂的臉。我還看見了我不應該看見的小嬰孩，抱在M的手裡。她逗著那我無從分辨年紀的小孩，說：「叫舅舅，叫舅舅。記得喔，這個是舅舅，不是叔叔喔。」小孩咿咿啊啊發了一些聲音，沒有一個接近「舅舅」或「叔叔」。

我走進一個寬大得不像話的洗手間，右側大窗戶放進來亮晃晃的陽光。洗手台上有東西在閃爍著，那是一隻反射著陽光的耳環。只有一隻，很小很小。這應該是M忘了遺漏在這裡，不像是故意放好的。我突然困惑地追索記憶：M戴耳環嗎？我看過她的耳環嗎？我曾經像碰觸她的衣物般，碰觸過、脫解過她的耳環嗎？我確定沒有脫過她的耳環，因為我根本不懂女人耳環的構造，更從來沒想過這麼小一顆珠珠，像眼淚一般大小，是怎麼掛上去，又要怎麼解下來的。我更困惑了，難道當我將M身上最後的衣物卸卻，當我顫抖地輕輕拉下她的內褲，感覺到那絲滑的表面彷彿冷冷地躲著我時，她還戴著耳環？從困惑中生出沮喪來，我必須承認我無從解答，因為我沒有碰過她的耳朵。

怎麼可能！我近乎瘋狂地自責，怎麼可能我錯過了她的耳朵？那除了她的耳朵我還錯過了什麼？

突然間，我感覺到日移，陽光剛剛好離開耳環，看著黯淡下來的耳環，我有個強烈的衝動，想將耳環放進口袋裡帶回去。我還猶豫著沒伸手，耳環不見了，不，是整個浴室不見了，我發現自己站在陽台上，外面是一大片草地，剛剛以為是耳環耀射的光，其實是來自草地上不斷自轉著的灑水器，每轉一圈，就將一群嘩啦啦的燦亮灑向我。

我知道我為什麼在陽台上。我無法忍受客廳裡的狀況，無法在H面前傻笑地坐等那明明還不會說話的嬰孩發出「舅舅」的聲音。我渴望能夠和M獨處，我更渴望確認她也想要和我獨處。

不知等了多久，灑水龍頭轉了一圈又一圈，一波一波散打入我眼底的光珠使我暈眩，我不禁閉上了眼睛，眼前一暗的瞬間，M的聲音在我旁邊響起：「總覺得如果眼睛睜得夠大，看得夠認真夠用力，就能夠穿過去，看見台灣。」我張開眼睛，陽台短牆外，竟然變成了一片海洋，波浪兀自起伏。怎麼可能？這不應該是某個莫名其妙的德州城市嗎？怎麼會有海洋，怎麼會穿過了海洋就看見台灣？

我轉頭看了M一眼，整個人像被一股強烈的電流緊緊綑綁住了。我想抱住她，不，我必須抱住她，馬上，立刻。但我不能。她臉上還帶著剛剛哄小孩的笑容，和我抱過的她，隔著遙遠的海洋。我竟然不能伸手抱她，我從來不知道維持不動，什麼都不做，會那麼痛。

天色微明中，我被痛醒了。從原來的清醒中再清醒過來。

耳朵

下一次，將她牢牢抱在懷中，我毫不遲疑地攻擊她的耳朵。是的，攻擊，帶著一份必定要將之占領的決心，雖然完全不知道怎樣才能占領。

我確定她沒有戴耳環，但耳垂上有明顯的耳洞。我用拇指和食指尖輕輕地揉那塊珠圓的軟凝，她渾身跳了一下，口中隨著發出輕嘆。我維持著拇指和食指的摩挲，慢慢將唇靠過去，想要在她不知覺的情況下以上唇代替拇指，再以下唇代替食指，這樣我就能將她小小的耳垂含在嘴裡了。

但失敗了，她敏感地察覺了，手上輕輕推我，同時急急地將臉側轉過去，躲避我的唇。我直覺地加強了抱住她的力道，稍稍更堅持地用唇去靠近她的耳垂。沒想到，在我眼前，她的耳朵簡直像發出驚響般刷地透紅了，愈上面愈多骨的部位愈紅，一路降下來，耳垂變成了白中帶點顏色，那顏色，正因為似有似無，反而如同從不知名的深處閃著暗光。然後聽到她的聲音說：「不可以，不可以，不可以……」

我故意朝她的耳朵裡呼氣，問：「為什麼不可以？為什麼不可以？」她推不開我，只好轉而嬌羞地用力鑽進我胸膛間，用我勉強才聽得見的悶聲說：「不可以，我很久沒戴耳環了，耳洞會有味道，不容易清乾淨。」

我沒有聞到什麼味道。應該說我嗅覺裡填得滿滿的，是她的味道，我剛剛熟悉了的一種混和、獨特的味道。必須靠她很近很近，身體貼著身體才聞得到的味道。因為總是貼那麼近才聞到，那味道同時也就總帶著她身上的溫暖，像是被微熱蒸熏出來的，活著、動著、把人拉過去，拉得更近更近，明明不能再近卻還是保持要更近的衝動的氣味。

她拒絕，我就愈是堅持一定要吻她的耳垂。我們身體扭纏好一陣子，她被箍在我懷裡，只能激烈地搖晃著頭頸閃躲，我不放棄地用嘴唇一次又一次襲擊那不斷移動的耳垂，我的眼前只剩下這一小塊彷彿有了自己生命與驚人活力的肉，整個世界隱去了。

終於，我的蠻力克服了她的害羞。她先放棄了，徹底癱軟任隨我吻她的耳垂，含著，輕磨著，用舌頭試探地觸碰，再用牙齒細細地劃過去，然後伸出舌尖向上滑過耳朵不可思議細巧的結構，每一道彎曲的突起凹陷。我的世界只剩下她的一隻耳朵，只剩下這隻紅透耳朵傳來的熱度。

就在這時，她又推我，很不一樣的推法，突兀、驚慌。我還沒反應過來前，她已經像一隻水中的蝦般朝後跳開了，一邊恐懼地說：「外面！」

我先知覺自己全身被一層厚厚的疙瘩布滿了，然後才聽到有人走進客廳的聲音。我連忙從床上站起身，不敢回頭看她，深吸口氣，帶著充血的大腦和下體，將門推開一點點，看到爸爸正走進來。

爸爸叫了我一聲：「你在家？」我只好從房裡走出，關上門，將整個人擋在房門口。我的不悅與不耐煩一定從口氣裡傳了出去：「你怎麼會這個時候回來？」爸爸瞪了我一眼才回答：「回來拿領帶，晚上多了一個飯局。」停了一下，爸語氣多了一點嚴厲：「你在幹嘛？」

「我能幹嘛？準─備─考─試！」我即刻回答，回答得有點太快了。爸炸開了：「你那什麼口氣！考試很了不起是嗎？」爸朝我的方向跨了好幾步，我下意識地貼緊房門，同時手緊緊握著門把。我們父子對視僵持了幾秒鐘，我心狂跳著，緊張使我無法繼續這樣繃著。我先退讓了，把眼光向下移：「對不起，這幾天我已經習慣自己一個人安安靜靜讀書了。」爸突然用奇怪的表情看我後面的房門。漫長的幾秒鐘後，他說：

「我們不是故意這時間去美國。有很多複雜的程序，必須把握時機。」

「我沒有怪你們，真的沒有，你們不在我反而可以好好讀書。」我盡量心平氣和地解釋。「真的嗎？」爸問。「真的。」我說，我本來想補一句：你趕快拿了領帶去，我才能回房間好好讀書。話到舌尖上，忍住了，分不清是怕反而惹起爸懷疑，還是因為心虛所以說不出口。

爸轉身，往他們房間去了。我也轉身，小心開門，進房，小心地將喇叭鎖按下。她如同雕像般一動不動坐在我書桌前的椅子上，凝視著拉上的窗簾。我背靠著門僵直地站著，經歷了最不知所措的時間。我不知該不該看她。我不敢看她，怕看出她的心情；但我又不願刻意躲開眼光，顯露出絕望的心虛。

爸爸像是花了一個世紀才拿好領帶走出門去。

不可以

如果她說要走，我找不出任何方法把她留住。如果她走了，我也找不出任何方法讓她回來，回到這個如此驚嚇了她的房間。背靠著房門站著，我同時也經歷了最徹底的屈辱。被迫承認自己如此的無助。語言都無法真正形容的無助，「找不出任何方法」仍然是語言，是說得出來的，但我的無助比這個更黑暗得多。

我想起小時候去舅舅開的文具店裡，自己一個人爬窄窄的木梯到閣樓小間，上面堆滿了過期雜誌，我可以在那裡恣意地翻看《南國畫報》，看女星衣服穿得少少的照片，不會有被發現被質問的壓力。有一次，入迷看著舊雜誌時，突然停電了，一下子四周漆黑。什麼都看不到，就是一片漆黑。看不到樓梯在哪裡，甚至弄不清楚樓梯可能在哪個方位。我一動都不敢動，腦中出現的第一個想像，是自己一動就從樓梯開口的洞裡掉了下去，一直掉一直掉。想要排除這個恐怖想像，換來的卻是更恐怖的，彷彿在我對面就有一張浮游在空中的臉，靜靜地向我靠近，在黑暗中我卻看不到。那張臉，從停電前最後翻看的畫報紙面浮上來，一個女人，但她臉上的五官不是凸出來的，是凹下去的，我嚇得將手上的畫報丟開，立刻又意識到周遭圍滿了畫報，每一本裡面似乎都有一張幽幽然藉著黑暗要飄出來的臉。我被這樣的影像魘壓住了，想動卻動不了，想叫卻叫不出來。

還好，這時媽媽在底下，文具店的門口大聲喚著我的名字。他們以為我跑出去了？順著媽媽的叫聲，我得以擺脫夢魘般狀態，說：「我在樓上，閣樓上！」然後舅舅端著剛點燃的蠟燭，爬上閣樓來救我。

我一直跟舅舅說上面好黑、好黑，舅舅不斷點頭，但我覺得他不了解那種黑不是平常的黑，一張張臉爬出來的黑，和沒有臉的黑不一樣。一種我沒辦法形容的黑。

就像現在我無法形容那麼徹底的無助。整個世界的力量都在把她拉出去。我沒有可以抵抗整個世界的力量，而且我甚至無法動用我那麼微弱的一點點力量去抵抗。

爸爸出門後好幾分鐘，房間裡我們兩人維持著原來的姿態沒有改變。然後，她慢慢地站起身，拿起她的皮包，走向我，我意識到自己的腳在發抖，緊抵著嘴抗拒不願從擋住房門的位置移開。她愈靠愈近，我無法分辨那是靠近我，還是靠近房門。只有一個方法可以確認。我終於挪動了一直顫抖的腳，將房門讓出來。

我閉上眼睛。感覺她走向門，停在門口。然後她轉過來，抱住我，在我耳邊說：「不可以讓我這樣走出去，我會不甘心。」

無助

我徹底投降，我甘心地接受了那最深的無助。我只活在她的善意中，不再有任何我自己可以控制的，我願意就只活在她的慈悲裡，甚至不去問她為何會如此慈悲。

我再次親吻她小小的耳垂，用舌尖劃過她耳朵的軟骨。一個奇怪的意念升上來：我從來沒有問過自己：她愛我嗎？會是因為她愛我，所以她沒有離開，在經歷了如此尷尬的場面後，仍然願意留著？我察覺了這件事，我沒有問過，沒問過自己，當然更沒有問過她，然而就在察覺的此刻，我仍然不想問，既不問她也不問自己，她愛我嗎？不，我寧可維持不問，也不知道。

另一個奇怪的意念跟著上來：為什麼我剛剛沒有發現，親吻她耳垂的感覺，那樣一粒小小肉珠含在嘴裡，和親吻她的乳頭何其相似，而且她身上還有另外一個我觸摸過的小小肉肉的圓珠，長在她身體最敏感的部位，每次用手指一碰都會引來她的特殊嘆叫。我多想要也能像親吻她的耳垂和乳頭般親吻那顆圓珠！

我輕輕地將她推倒在床上，在她來不及理解發生了什麼事之前，急急地掀起她的裙襬，拉下她的內褲，用唇和舌尋找到了那顆圓珠，不顧一切地專注親吻、舔舐。

「你在哪裡？」

我的手搭在她光裸的肩上，她的兩肘抵住我同樣光裸的胸膛，雙掌軟軟地覆蓋著我的鎖骨。我和她之間保持著她的上臂那麼長的距離，她明顯地拒絕讓我把她抱得更貼近。

於是，我又多蒐集了一個「第一次」。第一次如此靜凝地看著她的眼睛，久久不動，什麼都不做，什麼都沒說，就只是看著她的眼睛。她也絲毫不動搖地回看我。我看到她眼珠微微的挪移，我看到她瞳孔精密的構造，我看到自己在她瞳孔上扭曲了的投影，我看到她眨眼時睫毛刷地蓋下來，又優雅地升上去，不像是肌肉的動作，比較像是水母順著海流漂浮，也像是太空人失重狀態的動作，一種自然的韻律。

某一次睫毛浮上去，瞬間露出的眼睛，神奇地讓我聽到她沒有發出聲音的話語，我知道在她心裡，在她眼底，她又問了：「你在哪裡？」我在哪裡？我就在這裡。不，她問的，不是當下此刻。那麼她要問的，會是：那時候，我在哪裡？

什麼時候？我應該遇見她，卻來不及遇見的時候？例如說，她還沒有結婚之前？那時候，我哪裡都去不了，我進入不了她的生命；那時候，我只是個小孩。我想告訴她，不要怪我，我真的已經盡力了，在我生命的最初，能有資格這樣對待一個女人時，我就在了，我就急急地衝進她的生活裡，我沒有遲疑，我沒有耽擱啊！

她的睫毛又降下來，這次停留得久了些，介於眨眼和閉眼之間，曖昧的長度，然後那一排彷彿自身帶有生命的黑色翅翼才又浮升上去，乘著一股弱氣流上升、盤桓。

露出來的眼睛，仍然沉默地問著：「你在哪裡？」沒辦法，我就不在那裡，不在能夠改變這一切的那裡。慢慢地，她的眼神中收起了原本的遺憾，帶上了一點點溫柔的挑釁。「你在哪裡？」似乎變成了：「如果你在那裡？」這是個好大的「如果」啊！如果我在那裡，我當然會大聲、用力、毫無保留地說：「妳是我的！除了我妳不可以愛上別人！只有我！」

想到這裡，我突然了解了為什麼不問，不能問，她愛我嗎？我躲著的，不是真正這個問題，或這問題的答案，而是如果問她愛我嗎？就一定同時要問：她愛H嗎？她因為愛H所以結婚嗎？她不愛H卻結婚嗎？我必須躲開這個問題，躲開這個問題可能的任何答案。

也許我的眼底顯現了悲哀，還是懦弱？她張開原本抵住我的雙臂，靜靜地滑入我的懷抱中。

怕

「你怕你爸爸嗎？」她問我。我們站在街上，我陪她等車。我陡地一驚，不確定她問話的意思。她真的要問我怕不怕我們的事被爸爸發現嗎？還是她只是在問我和爸爸的一般關係？想了一下，我回答：「我還比較怕我媽。我媽會很情緒化，情緒來時誰也沒有把握她會做出什麼事，連她自己都沒有把握。」

「你覺得我情緒化嗎？」她接著我的話語問。

我堅決地搖了搖頭，「妳不是那種情緒化的人。」她笑了，然後明顯刻意收斂了笑，正色說：「所以你相信我做的，是我自己有把握的事？」我用同樣堅決的態度鄭重點頭。我當然，我必須這樣相信。她低下頭，然後抬頭看公車應該要來的方向，好長一段沉默。

「以前我一直都很怕我爸。可是最近變得比較怕我媽，我媽生病了之後。她讓我們都覺得欠她，而且快要沒有機會還她了。連我爸都變得怕她，因為我爸欠她最多吧。」

她形容她媽媽每天會花很多時間認真地想好要跟她爸爸說什麼話，

提起哪一件往事。她媽媽不時還會打電話來跟她商量。今天要說那次上台北在火車站買便當被騙的事，還是說去幫阿姨挑首飾的事？火車站花了三倍價錢買便當之後，一到旅館妹妹就生病發燒了，她爸爸卻去找朋友，兩三天不見人影，不顧小孩死活。至於會要去幫阿姨挑首飾，就是因為她爸爸竟然嫌阿姨穿著打扮太不體面，不讓阿姨，她媽媽的親妹妹到嘉義家裡過年。

她媽媽似乎將記憶中她爸爸做過的壞事、錯事，徹底整理了。每天找其中一、兩件出來。但她不會直接講，而是挑選有時間、因果相近性的另一件事，輕描淡寫地說，刺她爸爸，讓他自己記起來。

「我媽說：『我沒有怪他，我只是要他自己怪自己，活到這麼大了，總不能做過的就忘掉，忘得那麼方便。』……」她說。這時，公車來了，她擺擺手，笑笑，上車走了。

我把窗戶打開，才發現外面下起雨了，而且是那種又冷又濕的雨，典型台北冬天的雨。冬天來了。

或許是讀詩寫詩的關係吧，我會常常追究腦中自動浮上來的字句，被那樣的追究無聊地糾纏。「又冷又濕的雨」，我是這樣想的。但有不濕的雨嗎？用「濕」來形容雨，不對勁吧？

不對勁，但很好。我知道，我能記憶比較濕的雨，和比較不濕的雨。「又冷又濕的雨」，因為冷天下的雨，格外地濕。很怪，但很真實，大熱天午後突然爆開來的西北雨，人站在雨中一秒內就會濕透的那種大雨，感覺上反而沒有那麼濕。西北雨的濕，是乾脆俐落的濕，對，乾脆俐落，所以不那麼濕。

冬天來了。我想起來為什麼要開窗，因為要抽菸。我把夾克也披上了，不要讓爸媽聞到菸味，不只要開窗，將菸對著窗外噴，還要把電風扇打開，朝外面吹。

真是件麻煩事。從抽屜最深處，一堆刻意保持得混亂的卡帶底下摸出菸盒來，長長的 More 菸。又細又長，而且是深褐色的，和到處看得到的肥短白色長壽菸徹底相反。韓說：「抽了 More，就絕對沒辦法抽長壽了，怎麼看都會反胃地覺得長壽菸長得像糞坑裡的白蛆。長得像白蛆，聞起來難免就有了白蛆的味道；看起來聞起來都像白蛆，也就引發人想像它會像白蛆般蠕動。你聽過了不起的哲學推理嗎？『長得像鴨，走路像鴨，叫起來像鴨的動物，最有可能就是鴨。』同理可證，看起來像蛆，聞起來像蛆，似乎會像蛆般蠕動的，那最有可能就是蛆。看看看，我證明了，長壽菸就是蛆，大部分的人都在嘴巴裡含著一隻隻的蛆。」

那當然是歪論，但歪論永遠比正論讓人難忘。我不敢讓韓知道，我從來沒有真正看過一隻活生生的蛆。我們家從來沒有那種會長蛆的糞坑。韓在眷村裡長大，他看過太多太多的蛆了。

電風扇的風呼呼地自我背後吹來，我以雙掌包成一個圈，小心護著火柴，將菸點著。我大可以先點了菸再開電風扇，我知道。然而在風中點菸，有一種特殊的蕭索意味，從西部片裡看來的吧。

在風中，獨自思索著……這像是一首詩的開頭，也像是一部電影劇本的開場設定。怎麼讓人知道那是風中呢？要有能被風飄起來的長髮或斗篷，不然就要點菸，用雙掌包成一個圈，小心護著星星柴火點菸。

在風中，獨自思索著，思索什麼呢？吸了一口菸，我想起那天送爸媽去機場時，曾慶幸地想，我可以輕鬆在家裡抽菸了，不必這樣戒慎小心。然而，他們離開的那幾天，我竟然完全沒有在家裡抽菸！為什麼？

這值得在風中點著菸思索嗎？因為我其實沒有那麼喜歡抽菸、那麼需要抽菸，抽菸只是一種叛逆的姿態？被禁止所以抽？一旦爸媽不在，沒有禁制的力量，也就不抽、不需要抽了？

原來自己也不過就那麼膚淺，從抽菸中得到那麼一點點偷偷摸摸的快感？不需要偷偷摸摸了，也就不需要抽菸了？還有其他的理由嗎？這值得在風中點著菸思索嗎？我知道有其他理由。剛剛拿出菸盒時其實就想到了的。More 也是M。More 就是M。M就是我的 More，Far more than I can take. Far more than I should take. Far more than I deserve. 所以有了M也就不需要 More了。那為什麼現在又在人造的風中點起菸來？這值得在風中點著菸思索嗎？重新需要 More，因為我意識到 I am losing M, so I can only have More？

偷

連續三天，我沒有和她見面，我見不到她。她去了海邊，雜誌社辦的研討活動，三天兩夜，提供給雜誌社的讀者和作家們共聚討論文學寫作的機會。之前她問過我要不要去，我毫不猶豫地拒絕了，現在我咀嚼著拒絕的痛苦，反覆估量著究竟接受還是拒絕會比較痛苦？

「咀嚼著拒絕的痛苦」，又一個盤旋不去，糾纏的詞句。太巧妙的聲音，「咀嚼」和「拒絕」，但會不會巧妙得減損了詞句所要表達的？真正的痛苦使得人無暇巧妙，不是嗎？

所以，我還能這樣冷靜地咀嚼「咀嚼著拒絕的痛苦」，證明了沒有真正的痛苦，是嗎？

我拒絕，是為了逃避更大的痛苦；然而，這時候，無法見到她的當下，我無從判斷那是不是「更大的痛苦」。上一次，兩個星期前，她安排了找一群高中校刊社的編輯聯誼，去看電影，看《星際大戰》的續集《帝國大反撲》。我傻傻地去了。傻傻地站在十幾個不同學校的男生女生之間，完全不知所措。我一點都不想跟他們說話，我也一點都不想看到她和他們說話的樣子，更糟的，我一點都不想讓他們看到我和她說話的樣子。

她察覺了我的不安嗎？她指定了我和另一個北一女的女生，陪她排隊買電影票，其他人在戲院外等著。排了幾分鐘，隊伍感覺上都沒動，她就請那個女生到前面看看是不是開始賣票了，還是有黃牛在前面擋住票口。

女生一離開，我忍不住問她：「如果我消失了，妳會怎樣？」我的意思是，她會生氣嗎？

她露出疑惑的表情：「為什麼你會消失？你為什麼這樣問？」

我不知該如何解釋，我以為這個問題再簡單不過，不用解釋。她維持疑惑的表情看著我，我不得不回答。「沒什麼，就是突然想到這個問題。」

「那要看你是怎樣消失的。就這樣在我身邊『咻』的不見嗎？還是約好了卻沒出現都找不到人？消失前你會跟我告別嗎？在我辦公桌上留一張紙條？不知道你怎麼消失的，很難決定我會怎麼樣。」她認真地回答。

她太認真了，使我無法告訴她：其實那個問題只是為了表達我在這裡，作為一群高中生中的一個，讓我很不舒服，我想走掉。也許又有點捨不得走掉吧。我只好編了個理由：「沒什麼啦，只是在這裡排隊，突然想起一部電影裡的場景，男主角，好像是華倫比提演的吧，在人群裡沒頭沒腦的問女主角，費雯麗還是娜妲麗華：『如果我消失了，你會怎樣？』」

她揚揚眉毛，好奇：「那是什麼電影？」

我聳聳肩：「其實一點都不重要，我也不太記得了。」

「想想嘛！」她的口氣裡有一點撒嬌。

「大概是間諜片吧？你知道，那男人有祕密身分，任務結束了就要消失……」

「那女主角怎麼回答？」她追問。我又聳聳肩。她不放過：「你知道，快告訴我！」

我其實不知道，只是前一秒鐘我在心裡編出了那不存在的電影的畫面劇情。「好吧，她瞪著華倫比提，說：『沒有人可以不經過我同意就消失的。如果你打著這樣的念頭，建議你立即放棄。我會追到天涯海角把你找出來，如果有人綁架了你，我會讓他們付出慘痛代價；如果是你自己決定要消失，我會讓你付出更慘痛的代價的！』」

她笑著驚呼：「哇，好有趣的電影！你還記得接著怎麼樣嗎？」我點點頭，不是我記得，是我現在知道了。就在這時，北一女的女生回來了，M用手勢阻止女生回報前面的狀況，眼睛盯著我，催促：「快說，然後怎樣？」

「然後，華倫比提就問不知是費雯麗或娜妲麗華：『那，若是妳消失了呢？妳覺得我該怎麼辦？』費雯麗或娜妲麗華突然變臉，嚴肅地說：『千萬不要來找我！讓我消失，就讓我消失。』」

我看到一片暗影遮蓋了M的臉色。北一女女生好奇地問：「你們在說什麼？電影嗎？」我和M都沒有回答。

我留著和大家一起看了電影，心情糟透了。散場他們說要去「老山東」吃牛肉麵，我刻意走在最後面，走出電影院後門時，沒有和任何人打招呼，沒有引起任何人注意，就朝相反方向離開了。

我絕對不要再看到她自在地在人群裡，而我卻不知所措，那樣的情況會讓我無名地憤怒，覺得自己像個小偷，要偷不屬於我的東西，而且還注定偷不到。

海邊

我花了兩天時間，寫了一首詩。比平常慢得多。因為我不知道自己要寫什麼，不是先有了一個句子或一個主題，甚至一個情緒所以坐下來寫詩。這次，是出於一個決心，詩的開端，甚至不是坐著，不在桌子前。

擠在喘不過氣來的公車上。車子不減速地衝過敦化南路和南京東路口的圓環，車裡瀰漫著奇特的聲音，許多人同時緊張本能地深吸一口氣，卻又自覺地不讓自己驚呼叫出來所產生的聲音。車子離心力最強時，我幾乎要拉不住頭頂上的橫桿了，一個拉吊環的女人跌壓在我身上，她泛著味道的腋窩貼著我的下巴，我跌壓在旁邊另一個我們學校的學生身上，我的大盤帽帽沿頂著他的面頰，頂歪了，我的帽子和他的臉。

還好在我被迫鬆手的前一瞬間，車子朝相反方向甩了，重新站穩腳步時，我下意識要去拉下車鈴，然後才想到：不，今天我不下車，我沒有要在她辦公室的這站下車。同時，我想，我應該寫一首詩。

寫一首詩來回答從昨天就一直繞著的問題，一個奇怪的想像。從電影院門口排隊買票的記憶延伸而來的想像，想像著如果北一女女生沒有回來，如果她突然尿急去找廁所了，那麼在我描述完了費雯麗或娜妲麗華的回答後，M故意不看我，假裝認真、執著地看著被人龍擋住了的票口，然後淡淡地問：「那，如果是我消失了呢？你會怎樣？」

如果她消失了我會怎樣？我決心要寫一首詩來回答這個問題。寫詩，正因為我不知道答案，也許寫詩能夠幫助我找到答案；還是，寫詩能夠幫助我躲開答案。我又想起韓，想起在校刊社討論詩的時候，他說過的奇怪的話。他伸手過來，拍拍我的臉頰，說：「Cher ami，我的朋友，你太執著於答案了，答案把你綁在地上，讓你飛不起來，讓你寫不出好的詩，你還不知道嗎？答案是鉛塊，問題才是翅膀，詩乘著問題的翅膀起飛，一直飛一直飛，直到答案的重量逼它迫降。」

我很討厭韓這種輕佻的動作和語氣。把我當成小孩，或他的徒弟，故意用「Cher ami，我的朋友」稱呼我時，聽來就像《功夫》影集裡老師傅叫「小蚱蜢」似的。但他每次用這種態度說的話，唉，卻總是留在我心中，忘不掉。

我在冷雨中走回家，大盤帽和鐵灰色夾克都淋濕了。我繼續在自己的房間裡踱步，心底莫名其妙地愈來愈激動。剛開始是莫名其妙，後來漸漸明白了。韓說對了，我是個總要給自己綁上答案鉛塊的人。我就是會要弄清楚自己為什麼激動。

我激動，因為這是多麼難得的處境。不是想像，不是假設，而是真實。我竟然能在真實中，在這個巨大而神祕的問題中寫詩：如果她消失了，我會怎麼辦？

我先在腦中否決了千百個念頭，然後又在紙上畫掉了幾十行試探的句子。終於有一個句子從畫花了的白報紙中顯露出來，驕傲地，昂然地，暈眩地，卻又不完全自信地，像是在遍地橫躺屍身中，唯一倖存站著的人。

「而妳去了海邊」，只剩下如此平常的一句。我知道我的詩會以「而妳去了海邊」開始，會以「而妳去了海邊」結束，而且每一段，不管詩一共有幾段，都會出現「而妳去了海邊」。

這是我腳下僅有的基礎，是生活中唯一重要，唯一有意義的事。

維根斯坦

上數學課時，數學老師讓我們自習。他站在教室門外，和一個別班的學生說話。我看到他們兩人相隔大約一尺距離的背影，他們面對著操場，不，操場完全看不到了，他們面對的，是一片迷濛的雨景，還有走廊簷下不停滴落的水線。

我攤開白報紙，本來想寫詩，寫那首以「而妳去了海邊」開頭的詩。詩沒有進度，我放棄掙扎，轉而隨手寫一封給M的信。

我告訴她我此刻的感動。我知道，但我又不知道數學老師和那個同學在冷雨飄飛的廊下說什麼，讓我感動。班上其他人應該都不知道吧，他們完全沒有概念為什麼今天的數學課會變成自習課。只有我知道。

這一期校刊最古怪的投稿，是一篇寫維根斯坦的文章。看起來很深奧、很有學問，裡面還夾雜了好多公式。有人說是數學公式，後來有人精確些修正，說有英文字母與陌生符號的不都是數學公式，還有集合公式和語言學公式。

編校刊的學弟們沒有人看得懂這篇文章，顯然讀校刊的學生裡，應該也沒有人看得懂。但在決定退稿的討論中，有一個編輯提到了詩，而且提到了我們。他說上一本校刊的詩專欄，不也刊登了好幾首應該都沒有人看得懂的詩嗎？然而在公開的檢討會上，當時校刊社的高三學長卻情緒激動地表揚那個詩專欄，說那些詩讓我們學校的文學水準提高到可以和任何一本外面的詩刊平起平坐，還帶頭請大家鼓掌感謝專欄編輯？看不懂也許不是那麼必然的標準？

那個被表揚的編輯，就是韓。他們說沒有人看得懂的詩，兩首是韓寫的，也有兩首是我寫的。所以學弟們就決定將談維根斯坦的稿子拿來給我們看看，問我們的意見。

哈，別人看不懂的詩是一回事，維根斯坦是完全不同的另一回事。不過將心比心，如果我們寫的詩，單純因為看不懂的理由，就被退稿了，我們心裡也會很不愉快吧？剛好，我記得數學老師上課時，不知是講集合還是講排列組合時，提過維根斯坦，我就提議把看不懂的稿子給數學老師看一下，請他幫我們判斷該不該在校刊上刊登。

把厚厚一疊稿紙交給數學老師時，看得出來他很困擾。到學校十幾年了，從來不曾覺得自己跟校刊會有什麼關係。我猜每年兩次收到校刊，他恐怕也不見得會有興趣打開來看吧。他的第一個念頭，應該是如何恰切地打發我吧，所以急急地在我面前就翻起稿件來，預期快快翻過去，然後抬頭跟我說：「這和我無關，你們自己決定，或去找別的老師。」但才翻到第二頁，他停住了，睜大眼睛看我，聲音不自覺地提高：「這是我們的學生寫的？」

我彎身把稿子翻回第一頁，指著標題底下明確寫著的班級、座號和姓名。數學老師誇張地抱著頭，像是自言自語，又像對我說：「我不確定這是他從哪裡抄來的，還是自己想的，『維根斯坦的語言表述和他的邏輯公式從來都對合不上，這既是根本的問題，也是他擁有的特殊真理形式，使得他能探觸別人探觸不到的真理的祕訣，別人無法、或不敢如此動用矛盾來臻及統一，將邏輯從自足的邏輯世界裡解脫出來。……』我的天啊，他知道自己在講什麼嗎？」

不知道為什麼，數學老師指著稿紙上整齊得帶些笨拙的字跡唸出聲來時，我心底竟然有著莫名的震動，然後完全無防備地，眼前出現了M的身影，不知道什麼時候看到而留下印象的，她穿了一件自覺太短的裙子，坐下時先用手貼著臀部抹了一次後裙襬，然後不放心地重新起身，重複了一次同樣的動作，更仔細更鄭重些。然後，她抬頭看到我，臉上突然閃過一絲不好意思。

那不是因為穿了會露出大腿的短裙而來的害羞，不是。站在數學老師身邊時，我明確地了解她的不好意思，剛好相反，她是為了在我面前如此小心提防而不好意思。她應該要信任我，不該現出把我當作有窺視慾望的人，她大可以就是坐下，自在地坐下。我知道，我確定，我看到她放鬆下來，不經意地弄皺了裙面，露出了更多一點，多兩三公分吧，的大腿。

然後她跟我說話，真的沒有再介意過短裙地說話，我也就忘了她的短裙，直到這一刻，維根斯坦「將邏輯從自足的邏輯世界裡解脫出來」才讓我記起她的短裙。內心顫抖地記起了她對我的好。

數學老師說應該跟這個作者談一談，確定他不是隨便抄書。談一談就能知道他懂不懂維根斯坦，至少是懂不懂維根斯坦的數學。我說我可以去幫忙約。

這時，他們站在雨中的廊下，一定是在談我不懂的維根斯坦。看起來他們談得挺起勁的。我被兩人以雨霧迷離的操場為背景的剪影吸引了，不知為什麼一直無法移開眼光。我想，這應該有詩。應該有一首從這個情景開始的詩。

下雨之前，他們爭辯著愛情
低壓、陰沉、逐漸加強為二級的東北風
都預示了不可逆回的變化
落雨已從五千呎處出發

不受爭辯影響

我終於把眼光移回書桌，寫在白報紙上：

雨不受爭辯影響落下
在維根斯坦之前的邏輯世界裡
但是愛情呢？愛情可以跟隨邏輯
從邏輯森然的世界裡
逃脫？

看不懂

我慢慢確定了詩要怎麼寫，那首以「而你去了海邊」的詩。你去了海邊，我留在多雨霧多喇叭聲的都市裡，但因為你去了海邊，所以在街道上，我聽見了海濤，聽見了寄居在大貝殼裡的海濤的祕密訊息。說你去了海邊，你在海邊。

你去了海邊，我循著反方向，去了山裡。巍峨蒼勁的山石上，我卻看到了波浪，費了億萬年凝固的波浪。凝固的波浪指著一個神祕的方向，我拿出登山用的專業指南針與畫著詳細等高線的地圖，認真查對，發現那就是你去了海邊的方向。

你去了海邊，我開始想像中的探險。我的眼前是一片沙漠，風狂吹著，十層樓高的沙丘忽焉形成，又忽焉消失。在幾乎完全被細粒黃沙遮蔽的視線中，我卻看到了一只玻璃瓶。我匍匐過去，從快速堆積的風沙中搶救那瓶子，瓶中有一張紙，打開來，勉強讀出上面的字跡，寫瓶中信的人說：「我在海邊，卻找不到我所想念的人。」

而你去了海邊……

我坐在家裡，關著窗戶，老覺得外面有吱呀吱呀的叫聲，像海鳥飛過；於是我打開窗戶，吱呀吱呀叫聲消失了，還原為一堆混雜在一起互相干擾的街聲，但風吹進來，揚起沒有拉好綁住的窗簾，風中有雨意，冰冷的，帶有鹹味的，似乎是遠遠從海那頭尋來的風。

你不會真正消失。我想告訴你，不管你去了哪裡，不管我在哪裡，你去了的地方，會改變我在的地方。就是這樣。只要檢視我周圍環境的變化，找到那些只有我能察覺的訊息，我就知道你去了哪裡，你沒有消失。

你無法消失。

詩中要寫的，就是這樣的信心。我現在只需要找到對的字句，一字一字，一行一行寫成詩。然後拿去給你看。我最新寫成的詩．但為什麼一定要是詩？難道不能就把這樣的想法，這樣寫在白報紙上嗎？為什麼還要尋找一字一字、一行一行的詩？

因為，也許你會看不懂我的詩。你不會那麼確定詩裡要說的是什麼。這就是詩的好處，你不一定會懂，不一定，比一定會或一定不會，適合我，適合我和你。

好長一段沉默

她從海邊回來那天，我打電話到辦公室，告訴她我請病假沒去上學。她沒有問我生什麼病，沒有問我病的嚴重嗎。電話那頭，是好長的一段沉默，長到我以為電話出問題斷線了。然後她說：「我中午去看你，好嗎？」

她中午來了，一進了房間關了門，她就抱住我，仰起臉來吻我。我微微轉頭，避開了。「我感冒，會傳染。」我說。「很嚴重嗎？」她問。「有點發燒。」「那你應該去躺著。」

我躺回床上。才躺好，她就壓到我身上，吻我，在我能防備之前，將舌頭伸進了我雙唇間。她不讓我說話。好一陣子，她的嘴才離開我的嘴，帶點調皮地說：「好了，反正要傳染也已經傳染了。」

她在我身邊躺了下來，問：「為什麼會感冒？」我想回答：「因為妳去海邊，吹了冬天的海風，所以我就感冒了。」但又覺得這樣的話聽起來很假，像是無聊的耍嘴皮，就沒說。我淡淡地問她這三天過得怎麼樣。

她告訴我有哪些作家去了，誰跟誰一起座談，跟參加的讀者說了些什麼有趣的事。

她提到了一個詩人，在女中教書，他帶的班級是全校朗誦比賽中，唯一選擇朗誦新詩的，結果得了第一名。我曾經看過這個詩人寫給她的信。我忍不住說：「我不喜歡他，他詩寫得很爛，典型中文系舊詩改新，小腳放大式的寫法。」

她沒回應，好長一段沉默。

像是好不容易下定決心，她側翻過來，用手肘支著上身，故意無奈地看著我說：「你忘了我也是中文系的嗎？」我說：「所以更討厭他。」她搖搖頭，髮梢在我頸上來回飄划。「算了，你今天生病，不跟你計較，你要怎樣就怎樣。」然後做出一個凶巴巴的鬼臉，繼續說：「但你別得意，過兩天輪到我生病，到時候我也會要怎樣就怎樣！」

「我要怎樣就怎樣，妳說的……」我吻她，同時手伸進她的上衣裡面，撫摸她暖暖的背，稍稍一碰，就解開了她 burazya 的扣環。

我們做愛。最長最長的一次做愛。我努力讓自己拉長每一個動作，仔細的記憶每一個細節。

結束後，她將頭深埋在我的肩頭。好長一段沉默。我覺得喉頭乾澀，很乾很乾，但我不管，用帶點破啞的聲音打破沉默：「今天我要怎樣就怎樣，妳剛剛說的。」她有點驚訝，仍然極溫柔帶笑意地說：「你還要怎樣？」我放縱讓胸中的氣爆發出來：「我嫉妒，我要妳說服我，告訴我不用嫉妒！」

又是好長一段沉默。

終於等到她開口說話，她發出第一個音的瞬間，還不知道她說了什麼，我竟然就忍不住哭了。就這樣哭了。事前沒有一點點難過的感覺，沒有哭意，在自己沒有意識也沒有防備的情況下，就哭了。因為沒有防備，所以也就哭得很狼狽。因為沒有防備，所以一時不知該如何讓自己停下來。

她慌亂地伸手抹我的淚水，口中反覆唸著：「你不用，你當然不用，你當然不用……」

嫉妒

她下午必須回雜誌社上班。我陪她走下樓，然後就一直陪著往前走，走在種滿了槭樹，樹上葉子都變黃了的民生東路上。她沒有制止我，甚至也都沒提我感冒的事。她早就知道我沒有感冒？接到電話時就知道了？她怎麼會知道的？為什麼她能夠這樣看穿我，我卻無法相對地知道她在想什麼，在感受什麼？

走在路上，她當然比剛剛在房間裡莊重、正式，但不只那樣，我沒有刻意轉頭看她，都能感覺到她身上還多了一點剛剛沒有的勇氣，讓她有勇氣跟我說一些話，或許是倒過來，因為決定跟我說一些話，逼激出她身體裡原本藏著不需動用的勇氣？

她告訴我，未來幾天她不能再來找我。在我有任何疑惑或沮喪的表情之前，她先叫我別亂想，她想見我，希望我每天都能去雜誌社。也不是因為「上次」。說到「上次」，她臉紅了，從她乍然臉紅的反應，我理解她指的是爸爸突然出現的事。

她不能來，是因為不安全，身體上不安全。她臉更紅了。「你知道女人身體的安全期和危險期？」她問。我茫然搖搖頭，但搖頭後，卻又隱約猜到了那是什麼。我沒有那麼無知，我也想過那樣的「危險」，我擔心過。於是我改點點頭，搖頭又點頭，她一定不懂我的意思，我只好開口說：「我大概知道。」這時，換成我臉紅了，一股熾熱衝上了頭。

「大概知道就夠了，不用知道得太詳細。」她笑了，剛剛的緊繃鬆解了。我們併肩走了兩個巷口那麼長的路，沉默著，但她下一句話又讓我不得不精神緊張。「他是我媽媽選的，我們相親認識的。」

他？喔，是他，我真的沒有防備要聽到他。

她不管我有沒有防備，她臉上有一份我沒看過的堅決。她的眼神維持盯著馬路上來來往往的車輛，不看我，也不受行人或落葉或從松山機場那頭傳來的飛機起降聲干擾，我知道，她決心把這段話說完。

她回憶從初中到高中都唸女校，生活中僅有的男生，就是家裡的弟弟。考上大學要離家時，媽媽花了一整夜告訴她女人一生能得到的最大幸福，就是只遇過一個男人，忠於一個男人，作為這個男人的妻子受到尊重，不必擔心別人對她指指點點，也不用擔心自己過去曾經有過的什麼事被丈夫知道了。媽媽以自己作為驕傲的模範，告訴她這種生活多好。

媽媽還說：「時代改變了，我不會要妳別交男朋友，妳可以自己選妳這一生的男人，但要選好，選一個可以當丈夫的，不然就不要當男朋友。想好妳要怎樣的丈夫，才交怎樣的男朋友。別讓自己後悔。我們家，從我媽媽、我所有的阿姨、我所有的姑姑、到我的六個姊妹，沒有一個人有『以前的男朋友』，我們家沒有這種東西，所以我們都很幸福。我相信妳和妳妹都會繼續保持我們家的幸福紀錄。」

原來她還負有維持家族紀錄的責任。大學四年，她沒有找到夠讓她放心覺得該可以當丈夫的人，所以她沒有交男朋友。工作了兩年，身邊還是沒有這種人。於是，她媽媽就開始替她安排相親了。

媽媽很欣慰，她沒有替自己找一個不適當的對象。在那幾年間，關於什麼是適當的對象，她媽媽逐漸添加了愈來愈多，也愈來愈明確的條件。家裡要有一定的財力。自己要唸有前途的科系。必須是個本省人。最好能夠把她帶離台灣。可以去日本，但在日本很難入籍，所以首選還是美國。

「我爸媽他們那代，有很矛盾又很固執的觀念。他們討厭國民黨，可是他們又希望我當公務員，如果不得已必須留在台灣工作的話。他們更討厭共產黨，所以最好能走得遠遠的，去共產黨永遠到不了的地方。他們受不了美國人的文化，電影、音樂、家庭，兒子叫父親名字，男人女人公開親嘴，女人露出胸部和大腿，但他們又希望我們去美國，還希望我們變成美國公民，用美國公民的身分，把他們也接到美國去。」

我知道，對於這樣的矛盾，我再清楚不過。我很想問她：「妳接受他們的看法嗎？」但我沒開口，我發現自己雙手緊緊捏拳，如果她有勇氣說「他」，我一定得有勇氣聽。

「他」符合媽媽堆疊的這些條件。而且還更多了兩項優點。他可以和她爸爸相處，每次來，兩個男人就在客廳裡下象棋，可以下一整夜，只停下來吃一頓很安靜的飯。他和她爸棋力相當，有輸有贏，簡直像是能夠地老天荒一盤盤下下去。

還有，他說話的聲調及口氣，很像她爸。即便在長輩面前，很禮貌很禮貌地說話，他的口氣仍然簡短、明確、毫不猶豫，既不用跟自己商量，也不像是要跟說話對象商量的。

光是他說話的方式就征服了她媽媽。「就是伊了。」那段時間中，她媽媽說過無數次這句話。「就是伊了。」

我們快走到敦化北路口了。遠遠看到路口的紅綠燈，夾在多層的黃葉叢中閃著。我的心情很複雜，一個接一個的問題爭先恐後冒著，都是問題，而且都分不清是疑惑還是憤怒。妳不需要愛情嗎？文學裡讀來的那麼多可生可死的愛情，不曾影響妳嗎？只因為這個人會下棋，妳就願意嫁給他？妳未來的每一天，每個晚上，都要跟他下棋嗎？妳看到妳爸媽的矛盾，難道就沒有看到自己的矛盾？關於適當的條件，妳知道我一項都不符合？還是我根本與此通通無關？……

但我問不出口。因為我真的不知道她會如何回答，我害怕我想像不到的回答。就在這時候，她問我願不願意周末去嘉義。她要回家一趟，周六請假，搭周五的夜車回去，如果我願意，可以周六下午去。

嘉義

我星期天早上搭野雞車去嘉義。找不出任何理由可以星期六晚上不回家，只好挨到星期天才走。星期六早上，在學校的公用電話撥了她給我的長途號碼，告訴她這件事。她很仔細地教我如何到台北車站對面的工地圍籬內搭野雞車，每十五分鐘就有一班，要搭直達嘉義的。如果搭上八點半的車，中午左右就到了，她會在下車的地方等我。

我仔細地聽，仔細地記，還仔細地試圖辨別，她的語氣中有一點點失望嗎？她原本等著下午就能見到我嗎？我聽不出來。忍不住，掛電話前，我說：「對不起，今天不能去。」她停了一下，一秒鐘吧，然後說：「沒關係，我了解。」

我差點在電話旁哭出來。為了那一秒鐘。我不是個愛哭的人，我不是個愛哭的人，我沒有那麼容易哭的。我在心底反覆提醒自己。不是因為我愛哭，而是那一秒鐘的停頓真的太重要了，那一秒鐘，是證據，無可懷疑的證據，在她那完美的掩飾中唯一露出的破綻，她失望了。她的掩飾和她的破綻，讓我感動。

我跟爸媽說數學補習班加課，上完課去同學家一起加強練習，很晚才會回來。我真的帶了數學參考書，打算在車上看。沒想到野雞車上那麼暗，全車都是茶色的遮光玻璃，陰天裡根本透不進夠可以看書的光來。我只好看窗外，單調的高速公路沿線。一輛國光號在窗外和我們的車幾乎平行並駛。那是美國來的「灰狗巴士」，我知道。看著那輛「灰狗巴士」，突然有一種感覺，覺得這樣和在美國，又有多大差別？美國，不也就是如此，寬敞的高速公路，開得很快很快的車，還有一輛輛灰狗巴士開過去。為什麼一定要反對去美國？我不再那麼確定了，一陣迷惑中，我睡著了。

幾個小時後，回程路上，又一輛國光號在車窗旁併駛著，又給我帶來幾乎一樣的迷惑感受。不過，這時天黑了，國光號車裡透出暖暖的黃光，黃光中看得到人影，卻無從分辨他們是些什麼樣的人，男的女的，台灣人還是美國人？還有，這時我的座位沒有靠窗，我是越過M的側臉看到那輛國光號的。

她沒看我，有時看窗外，有時看著前面，斷斷續續說話。我知道她和我說話，但她的神情讓我不時錯覺，以為自己聽見了她的自言自語，甚至是夢話。

車子還在嘉義市區時，她熱心地跟我介紹每條路、每個街角。那就是噴水池，那就是嘉義雞肉飯本店。嘉義雞肉飯是用火雞肉做的，戰爭剛結束時，一片混亂，有人在廣場上養起火雞來，火雞成天咕咕咕叫，有時發起脾氣來還會啄人、追小孩。那邊則是嘉義方塊酥的創始店。才不過五年前開始的吧，但現在方塊酥卻成了外地人以為的嘉義傳統名產。……

上了高速公路，她輕輕嘆了一口氣，看看我，說：「要回台北了。」我才讓徘徊在心裡好久的問題衝出來：「妳媽知道我？她為什麼會知道我？」

她換了一種眼神，又看看我。然後就轉過去看窗外。在野雞車引擎聲頻的干擾下，我勉強聽到：「我媽媽……我媽媽變了一個人……我回來就是為了陪她，不知道還能陪她多久……」

「我媽媽那天笑笑地跟我說：『失禮啊，以前管妳那麼多……』我沒弄懂她的意思，大概是皺了皺眉頭吧，她竟然就哭了。」……「她說以前從來沒有問過我喜歡唸什麼，自作主張就幫我填志願了。真的耶，我記起來了，我聯考志願表都是我媽幫我填的。你覺得很怪嗎？我們女中班上很多人都是這樣。」……「她突然哭著問我，我小時候到底喜歡什麼？想唸什麼科系？我想了很久，真的不記得自己想唸什麼科系，想了很久很久，才想起來小時候曾經想當空中飛人。」……「她邊哭邊笑，伸手拍我：『三八喔，那不可以，會死！』」……

「對，那會死。」……「對。」……「我媽想的一定是會摔死，但我想的是會羞死。」……「我真的不知道這印象是什麼時候的了，我只有試著問過我妹一次，她完全沒印象看過空中飛人，而且是女的空中飛人。她沒去嗎?她還太小所以沒帶她去嗎？」……「空中飛人穿一件短短的裙子，亮閃閃的，她一動，裙子當然就飛起來了，露出裡面同樣亮閃閃的底褲。還有整條光光的大腿。」……「怎麼可以讓裙子這樣飛起來！太羞啦！」……「我不敢看，卻又忍不住想看。看著看著，我慢慢忘掉了她的裙子和大腿，只剩下飛來飛去、飛來飛去，她每一次手離開吊桿，就和全場的觀眾一起驚叫。」……「我旁邊有兩個人從頭到尾靜靜的，沒有叫。一個是我爸，我爸旁邊還有另一個和他年紀差不多的男人。陌生人。」……「我不小心看到我爸的表情。嚇了一跳。緊繃著，他平常生氣爆發前的模樣。但他的眼睛，他的眼神，緊緊盯著空中盪來盪去的身影。

好奇怪，那麼生氣，又那麼專心。」……

「我突然覺得」……「我就是突然覺得我爸一直看著空中飛人飛起來的裙子，露出來的底褲和大腿。我覺得他一定是因為這樣生氣的。才會又生氣又專心。」……「我不能在那裡飛來飛去，不能，會羞死。」……

「後來，第一次搭雲霄飛車，哇，好過癮，像是飛起來了，可是搭到一半，我就開始臉紅了，很紅很紅很紅，下來之後每個人都笑我，他們以為我怕到臉漲成關公樣了。」……「好吧，是怕吧，但不是怕高，不是怕飛。」

「媽媽那天跟我說一個祕密。只告訴我。」……「要我保證絕對不能告訴別人，就算她死了都不能說。發誓。我發誓都不說。」……「她拿一張舊照片，黑白的，很小張，上面有一群勾肩搭背的男生。『這是妳表哥，記得吧，大舅家的老二。』嗯，我認出來了。」……「然後她指另外一個人。就是那個人。她曾經愛過那個人。」……「她強調，是偷偷的愛。什麼事都沒有發生過。一定要我記得，兩個人什麼事都沒有發生過，只是偷偷的愛。」

然後她好長好長一段時間沒說話。轉過頭看窗外。就在這時，那輛透顯著昏黃車內燈色的國光號出現了。我和她一起凝視著那輛國光號。慢慢地，國光號比我們的車快了，一點一點超前去，窗外回復成一片漆黑的夜色。我們的野雞車車內燈光比國光號暗，玻璃窗上只反射出模糊的倒影。我努力試著從倒影中捕捉她的面容，判斷她大概不想再說話了，她要自己靜一下。

就在這時，她突然對著窗移過眼神，從倒影裡看我，帶著一種堅決的表情。然後從倒影裡直接對我說：「我對她發脾氣。我對她說：『為什麼要強調什麼事都沒發生過？什麼事都沒發生那麼重要、那麼光榮嗎？』

她一定很驚訝，女兒敢這樣對她說話。我自己也很驚訝，也急著解釋，但不知該如何解釋我的情緒，一陣混亂中，我聽到自己說：『如果發生了什麼事，我會更佩服妳，覺得更光榮，妳不知道嗎？』她不知道。但她現在知道了。她抱著我哭。然後，我忍不住告訴她，告訴她……她就知道你了。」

幸福

「可以問妳一個問題嗎？」在台北車站陪她等公車時，我說。

「不能。」她直截地回答。我訕訕地笑了。「好吧，那就不問。」

一會兒，她修改了她的回答：「不能問我沒辦法回答的問題。」我側著頭認真地想了想，說：「我不確定妳有沒有辦法回答，但我保證不是會讓妳為難的問題，頂多只會讓我自己尷尬，因為是個傻問題，能問嗎？」她還是猶豫：「是怎樣的傻法？」我笑出聲了：「像是三廳電影裡聽起來會起雞皮疙瘩的台詞，那樣的傻法。」

她也笑了，邊笑邊搖頭。然後，沒有停止搖頭，卻說：「好吧，讓你問。」

「妳覺得妳知道幸福是什麼嗎？怎樣的人是幸福的人？」

她沒有回答，看著馬路，她說：「我的車來了。」然後在二十二路公車恐怖的煞車聲中，她小聲地在我耳邊快速地說：「知道有一個人會永遠、永遠記得你，就是最幸福的事。」

她上車了。夜深了。

最初的許諾

在校刊社，我學會了做美工、貼完稿，學會了使用針筆和噴筆。這是我和韓最不一樣的地方，韓心目中的好雜誌，是完全不需要美工的。他給我看《仙人掌》、復刊的《現代文學》，還有改版新刊的《台灣文藝》。素淨、簡單，只有目錄上有像雜誌般的分項，其他部分看起來就像是一本書。「你看，沒有刷網，沒有歪七扭八的美術字，也沒有不像樣的插畫。」

韓不只給我看、跟我說，校刊社裡大家都知道他對美工的這種態度吧。他甚至恨不得將校刊從原有的十六開改成二十五開，就是一本書的大小，《仙人掌》、《現代文學》與《台灣文藝》的尺寸。「這樣，美工就無從亂搞了，小小的版面，就是規規矩矩給好文章表現。」我和其他人一樣抗議：「沒有哪個高中校刊長這種大小的。」沒想到韓有現成的回答頂過來：「有！復興中學的校刊就長這樣。」復興？誰看復興的校刊啊？韓同樣自信滿滿地說：「不看是你自己的損失，我覺得這個『復中』的校刊編得比你們看重的那個『附中』好多了。」

更讓我想不到的是，M也知道復興高中的校刊，而且她竟然也覺得這個「復中」校刊比那個「附中」校刊編得好。我大為震驚，而且絕對不服氣。

不服氣韓的看法和她更接近。那時候，我還不知道自己會愛上她。那時候，我知道的，只是我不想輸給韓，不能忍受輸給韓的感覺。聊天中知道她也喜歡復興中學小開本沒有什麼美工設計的校刊，我表達了我的不服氣：「那是因為妳不了解美工的妙處，你們的雜誌也不重視美工。好的美工，會讓文字立體化，本來不怎樣的文字，突然在三度空間站起來，讓妳再也忘不掉！」

她當下沒有太強烈的反應，只是微笑地說：「喔，可能吧。」但後來她在某個激情的時刻，她的身體完全壓著我，她突然從熱烈親吻中猛地抽離退開，眼中滿是笑意地看著我，回憶起我的這句話，說：「那時候，我心底震動了一下，想著：『哇，好個盛氣凌人的男生！』」我在抱住她的雙臂上更加了一點力量，知道了原來是在那一點上，我從眾多去找她聊天的高中生中變得不一樣，變成了能夠讓她辨認的我。

我記得自己那時的狂傲，因為我接著說的話，好一段時間糾纏著我、折磨著我。我說：「我一定要讓妳看到在三度空間裡站起來的文字，我一定要讓妳改變對於美工的看法！」

狂傲的話，純粹出於勇氣，甚至很可能是一份最不負責任的勇氣。

畢竟，那時我面對的，是一個沒講過幾次話，也不確定未來還會再多講幾次話的「林姊」。也許是要提醒我這樣的話多麼狂傲，多麼「盛氣凌人」，當時她的反應是認真地對著我說：「好啊，我等你來改變我。你真的要做到改變我喔！」

要怎樣讓她「看到三度空間裡站起來的文字」？我一點想法也沒有。但隨著和她的關係愈來愈深，這件事在我心中也就愈來愈沉重。那些天裡，我經常莫名其妙地咬牙、緊緊握拳，被自己的動作嚇了一跳，才意識到原來自己內心中響著這樣的聲音：「一定要做到，不能失敗，一定要成功！」

趁著學弟們編校刊還沒開始完稿，我將校刊社的針筆和噴筆借回家。先是在白報紙上寫上了兩行字：「書太厚了，本不該掀開扉頁的／沙灘太長，本不該走出足印的」，這是鄭愁予的詩句，和她在雜誌社裡聊天時曾經提起過的。

她不那麼喜歡鄭愁予的詩，尤其不喜歡這幾句。她說不清楚為什麼，只能含糊地解釋覺得不真，句子對仗得太整齊，使得那遺憾失去了遺憾的力量。我本來對這兩行沒有特殊的感覺，這首詩我喜歡的，是前面第一段，特別是「山退得很遠，平蕪拓得更大，／唉，這世界，怕黑暗已真的成形了⋯⋯」那是我對於「黑暗」最為敏感的日子吧！

但我決定視之為挑戰，就用她不喜歡的那兩句來試驗。想了很久很久，我在紙上畫了一個黑色的地球，反白顯示上面的經緯線，再淡淡噴上一點暗紅顯示海洋。從黑色地球拉出一條線，中間斷開來，變成一個個破碎的腳印，每一個都不完整，卻每一個都有不同的殘缺。腳印一直延續到紙的另一端，走進了一本打開的書，書頁上，是另一個黑色的地球，小一點、灰一點，邊緣部分呈現波浪狀，像是水中的倒影，又像是被水漬湮染過。這個黑色地球上面，似有似無地以同樣的暗紅色噴畫出一個女生模糊的側臉。

畫好了，自己反覆看，愈看愈覺得像是一張放大了的書籤。於是想到了，我拿出抽屜裡的空白西卡紙，人家印名片用的，將白報紙上的圖和文，縮小了畫在卡紙上。

很難畫，費了我一整個晚上的時間。廢棄了十幾張卡紙，才終於練到可以控制那麼小的尺幅。畫好了，我安心且帶點勝利氣息地和衣躺倒在床上，閉上眼睛，眼前還存留著那兩顆黑色的地球，我不自覺地默唸著：「書太厚了，本不該掀開扉頁的／沙灘太長，本不該走出足印的」，唸了幾次，慢慢地眼前變成了一片有重量往下墜的全黑，入睡前的意識模糊狀態，但在那黑暗與模糊中，卻依稀輕飄著遙遠的聲音：「山退得很遠，平蕪拓得更大，／唉，這世界，怕黑暗已真的成形了……」

唉。

文學

「可以問妳一個問題嗎？」

「可以不要問嗎？」

我直視她的眼睛，搖搖頭。

她也直視我的眼睛，點點頭。

「妳後來為什麼會喜歡文學？」

「嗯……說來話長。」

「可以長話短說嗎？」

「長話短說？……那分段說好了。……」

「第一段？」

「因為我更討厭文字學、訓詁學、文心雕龍、唐宋八大家……自然就覺得文學、現代文學比較迷人。」

「第二段？」

「後來我又發現文學比較好找工作，當文學編輯可以讓我不用去考公務員。」

「第三段？」

「後來我發現看文學作品，而且只有看文學作品，可以讓我暫時忘記自己。」

「妳不喜歡當自己？」

「這算第四段吧，文學讓我有勇氣承認：我不喜歡當自己，如果有任何機會可以不要當自己的話。」

我不得不別開臉去。我不想再在她面前流淚。我要將淚意壓抑下去。

一段沉默後，她說：「嘿，你不問啦？」

我努力維持平靜語氣：「所以還有第五段？」

「有，」她說：「你不要轉過頭來，我才能說。」

我沒轉，用力點點頭。

又一陣沉默，然後她才說：「後來啊，我遇到了一個人，一個奇怪的人，他讓我想要跟他一樣那麼喜歡文學。」

倒數

那個數字從來不曾寫在任何地方。只在我的腦袋裡，卻從來不會混淆，不會錯亂。隨時我都能準確地記得，不，不是記得，是感覺到，此刻離那一天，離那個時刻還有多久的時間。

那個無法明說的時刻，好像只要不說，就還不會那麼確定。我們之間最接近最接近真正提到那個日子、那件事，是她陪她媽去醫院回診後。

「那以後妳媽媽去醫院……」我故意輕描淡寫地說了半句話。

她也輕描淡寫地回了半句話：「我兩個弟弟都是醫生……」

「妳媽媽會希望……」我又只能找出半句話來說。

「她希望的，她真正希望的，不是我陪她去醫院回診。她真正希望的，我做了，我很勇敢很勇敢做了。」

說完這一句完整的話，她緊緊地抱住我，她哭了，肩膀激烈上下抖動地哭，我心疼地將她的淚水細細地吮去，她一邊繼續哭，一邊吻我，然後，第一次主動地觸摸我的身體，像我觸摸她、探索她那樣。我靜靜地躺著，任憑她一邊哭，一邊激烈喘息地和我做愛。

我想，或許該讓她好好地哭一場吧，當我腦中的數字已經剩下「六」了。於是我在她耳邊說：「別擔心，我也很勇敢很勇敢，我會很好，不會有事，不會有任何事。」

她失聲大哭，但神奇且美好地，她的身體一直都在高亢的激情中，非但沒有喪失對我的慾望，而且還保持著前所未有的炙熱、柔軟與華麗。

後記

在一個意義上，我所寫的每一篇小說都是「歷史小說」。我的知識基底是史學訓練，我的思考習慣是以時間縱深為起點的，我真切相信：不管是否自覺，不管喜不喜歡，每一個人都是帶著歷史而活著的，你和過去的關係、你對待過去的方式，決定了你是什麼樣的人。這些，無可避免都被帶進到我的小說裡。

因而，我的小說不斷帶著我、甚至是逼著我反覆思考個人與歷史之間的複雜關係。小說裡必須要有個人，必須透過個人才有可能呈現歷史，但歷史對於個人的影響，以及個人彰顯歷史的方式，卻可以有千千百百種不同取徑與變貌。

在《一九八一　光陰賊》，我嘗試了一種探觸歷史的特別方法，來自於艾柯名著《玫瑰的名字》予我的啟發。表面上看，《一九八一　光陰賊》和《玫瑰的名字》沒有任何一點點關聯，然而在深層的動機上，我自認這兩本書是徹底一致的。

《玫瑰的名字》最迷人之處，就在於創造了一個懸疑的殺人動機，一個從現代、當下的價值觀去看，絕對不可能存在的動機，然而卻利用小說一層層抽絲剝繭，使得一路追讀到最後的讀者，懸疑得解時，感受的非但不是：「怎麼可能！太不合理、太不可信了！」而是驚心感嘆點頭，在心中對自己說：「天啊，那是什麼樣的時代、什麼樣的環境，竟然會為了這樣的事殺人。」

今天絕對不可能成立的殺人動機，在艾柯鋪陳的十四世紀修道院中，不但是可能的，甚至看來近乎必然地強烈。從接受這樣詭異的殺人動機中，我們進入歷史，感同身受地了解了十四世紀的聖本篤派修道院，其信仰、其生活及其黑暗祕密。

《一九八一　光陰賊》中，我讓一段故事發生在那一年的台灣。故事本身帶著高度的荒謬性——二十八歲的已婚女子和十七歲高中男生之間發生的激動戀情——很多讀者也會直覺地反應：「這怎麼可能！」吧？然而小說的挑戰，小說終極的目標，也就是要藉由那個特定的時空，舊式婚姻、壓抑的母親、美國、留學、詩與浪漫愛情夢幻、性的禁制與啟蒙……種種因素，讓荒謬成為必然、成為哀傷的失落命運。這樣一件事，只可能發生在那一年、那樣的台灣，這叫做「宿命」。同時以這種方式來召喚、重現那段台灣歷史。

INK PUBLISHING 文學叢書 506

1981光陰賊

作　者	楊　照
總編輯	初安民
責任編輯	宋敏菁
美術編輯	黃昶憲
校　對	吳美滿　楊　照　宋敏菁
發行人	張書銘
出　版	INK印刻文學生活雜誌出版有限公司 新北市中和區建一路249號8樓 電話：02-22281626 傳眞：02-22281598 e-mail：ink.book@msa.hinet.net
網　址	舒讀網http://www.sudu.cc
法律顧問	巨鼎博達法律事務所 施竣中律師
總代理	成陽出版股份有限公司 電話：03-3589000（代表號） 傳眞：03-3556521
郵政劃撥	19000691　成陽出版股份有限公司
印　刷	海王印刷事業股份有限公司
港澳總經銷	泛華發行代理有限公司
地　址	香港新界將軍澳工業邨駿昌街7號2樓
電　話	852-27982220
傳　眞	852-27965471
網　址	www.gccd.com.hk
出版日期	2016年 9 月　初版
出版日期	2016年 10 月 20 日　初版三刷
ISBN	978-986-387-120-0

定價　270元

國家圖書館出版品預行編目資料

1981光陰賊／楊照著；--初版，
--新北市中和區：INK印刻文學，2016. 09
面；14.8 × 21公分. --（文學叢書；506）
ISBN 978-986-387-120-0（平裝）
857.7　　105015630